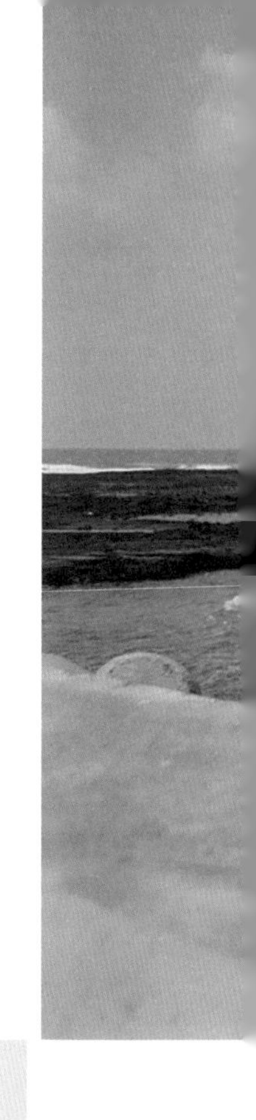

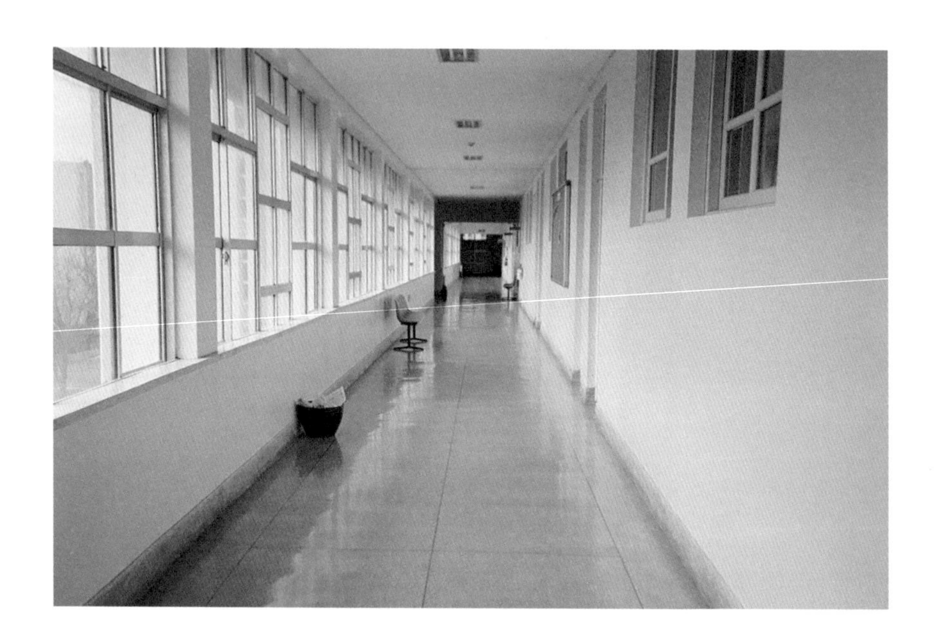

원광민박낚시
Jeju

# 소년, 잘 지내

재주소년 박경환 산문집

일러두기

- 책 속에서 도서명은 『』, 챕터명은 「」, 영화나 노래, 그림의 제목은 〈〉, 앨범명은 [ ]로 표기하였습니다.
- 책에 등장하는 몇몇 단어(일렉 기타, 레코딩, 앵콜 등)나 노래 가사는 어문 규정에 맞지 않더라도 그 시절에 썼던 대로, 최대한 음원에서 불린 노랫말대로 표기하였습니다.

Prologue 1

이 책에는 '노래가 되기 전'의 마음들, '노래가 될 수도 있지 않을까' 하고 남겨두었던 메모들, '노래를 떠나보낸 후 벌어진 일들'이 담겨 있습니다.

혹시라도 책을 읽다가
'아니 이 사람이 아직도…?'
'누군가를 향한 마음이 이렇게 지고지순하다니' 등의 생각이 든다면 그것은 오해입니다.

어떻게 하면 글을 더 극적으로 완결낼 수 있을까 고민하며 다듬었고, 실제로 당시 어떤 통증을 느꼈는지에 주안

점을 두었기 때문에 현재의 생각과 책의 내용은 다를 수 있습니다.

글의 제목이 발표한 곡의 제목인 경우가 많은데, 같은 노래가 제목에 반복 언급될 경우에는 zero(노래가 되기 전), edit(노래가 될 수도 있지 않을까), returns(노래를 떠나보낸 후 벌어진 일들)를 추가로 표기해 구분을 두었습니다.

## Prologue 2

### ―― 쓰지 못했던 이유

스무 살 무렵에는 누가 와서 비웃어도 흔들림이 없던 나만의 이야기가, 세월의 풍파를 맞더니 그저 흔한 성장 드라마로 느껴지기 시작했다. 데뷔 초부터 삼십 대가 될 때까지 만지작거려온 메모 조각들을 끊임없이 되고하는 동안, 마음 한편에서는 이 들어가는 글의 내용을 계산하는 멀티태스킹이 이루어지고 있었다. 미리 해두어야만 할 변명인 이 프롤로그의 내용은 다음과 같다.

본문에 대한 비판 ――

글쓰기의 시작은 희곡 챕터(부록 「소년, 잘 지내?」)였다.

그 대본으로 (구) 악스홀과 대학로 소극장에 음악극을 올렸고, 주변에서도 참신하다는 반응이 많았으며 그것을 토대로 처음 출판사와의 미팅도 진행되었다. 확신이 있던 시기였다. 하지만 시간은 너무 빠르게 흘렀다. 괜찮았던 그 감각을 유지하면서 원고를 확장하기엔 내공이 부족했다. 나를 흔드는 것들이 너무 많았다. 혹시나 해서 써둔 다른 메모를 기웃거려봐도 '이런 감성 에세이 너무 흔하지 않나? 안 그래도 세상엔 책이 많은데 내가 뭘 더 보태나' 하는 생각에 사로잡혔다. (그런 생각을 하고 있으면 시간은 더 빨리 달아났다.) 그리고 이런 마음도 이어졌다.

나도 변해버렸는데 무슨 수로 독자들을 그 시절로?

매번 같은 메뉴를 파는 장사꾼이 된 기분이군.

그런데 그 메뉴가 외면당하는 장면까지 봐야 하다니 끔찍하다!

그래도 왕년엔 미니홈피 방문자를 놀라게 할 만한 필력 정도는 있었던 것 같은데 그 '팬시'한 자신감마저 자꾸 없어졌다. 그래서 구호를 하나 정해보았다.

"어차피 거기까진 안 읽으실 거잖아요."

되고 기간 동안, 시간이 조금씩 지나갈 땐 흔들림이 심했지만 왕창 지나고 나니 오히려 무덤덤해졌다. 사람들은 내가 책을 낸다는 사실에 관심이 없을 테고, 더군다나 책의 삼분의 이 이상을 읽으면서까지 무언가를 지적할 가능성은 거의 없다는 것을 인지하기 시작했다(!). 쓰기를 주저하던 내용들 또한 이제는 근현대사처럼 어렴풋해졌기에 위와 같은 구호를 외치며 하루하루 조금씩 쓸 수 있게 되었다.

그러나 제풀에 지쳐 미루기를 반복했고, 그사이 편집자가 세 번 바뀔 만큼 세월은 흘러가버렸다. 현재의 편집자 변규미님을 비롯해 볼품없는 원고를 하염없이 기다려주셨던 박선주님, 이희숙님. 그리고 2016년 겨울 백석동에서의 두 번째 만남 이후 별다른 타박 없이 기다려주신 이병률 시인님께 감사의 마음을 전한다. 전교 꼴등 하던 애가 은사님을 찾아가 생뚱맞은 인사를 올리는 심정으로.

그러나 결국 이럴 수밖에 없었다

책의 전체적인 구성을 다듬으면서 나는 계속 이런 변명을 마음속에 쌓아두었다. '이러저러해서 이럴 수밖에 없었습니다.' 하도 쌓이다보니 어딘가에 적어두기 시작했고 그 내용들은 보다시피 이렇게 프롤로그에 전진 배치되었다.

얼마나 많은 사람들이 자신의 능력을 과대평가하는지, 나 또한 얼마나 그러했는지, 이 작업을 통해 깨달았다. 2부 「우리의 록은 당신의 포크보다 잔잔하다」의 시절, 어쩌면 그보다 더 이전, 아무런 실력도 없이 음악에 대한 로망만 가득하던 '재주소년 zero' 시절. 나는 사실 록 드러머나 베이시스트를 꿈꿨다. 거칠고 빠른 연주, 방방 뛰며 무대를 누비는 그런 연주자들을 보며 설레었다. 그러나 오늘날 재주소년 라이브의 현실은 어떠한가. 스트로크♭조차 찾아보기 힘든 아르페지오♭♭의 향연이 아니던가.

아, 이것은 인생의 깨달음이다! 내가 할 수 있는 걸 인정하고 나면, 포크 싱어의 숙명을 겸허히 받아들이고 나면,

♭ 기타의 여섯 줄을 좌르릉 한번에 울리는 주법으로, 비교적 볼륨이 크고 리드미컬하다. 재주소년 곡에서는 〈비오는 아침〉과 〈다시 소년〉 정도에 쓰일까 말까 한다.

♭♭ 기타 한 줄 한 줄을 손가락으로 뜯어 연주하는 주법으로, 비교적 볼륨이 작고 서정적이다. 재주소년 곡에서 〈돼지국밥〉과 〈춤추는 대구에서〉를 제외하고 거의 다 쓰였다고 보면 된다.

록 스타의 로망은 로망으로 남는다. 에세이 작업도 똑같았다. 내가 쓸 수 있는 글은 사실 거의 정해져 있었다. 그걸 깨닫기까지 시간만 끌다가 애꿎은 이 프롤로그만 계속 고쳐 쓰고 있었던 것이다.

아무리 그렇다고 해도 내가 나의 글들을 한없이 미워하기만 했던 것은 아니다. 초고를 고치며 오래전 기억들을 떠올리는 내내 마음은 일렁거렸다. 짧은 메모가 포착해두었던 그 시간과 만나 반가운 인사를 나누고 이제는 그것들을 보내줄 준비를 마쳤다. 그야말로 '순수와 성장의 공존'♭이었다.

노래가 되었는데도 타다 남은 장작처럼 그 자리에 존재하는 미련들, 아직도 생생히 기억하는 우스운 내 모습들에는 멜로디와 가사에 다 담지 못한 아름다움이 있었다. 이 작업은 서랍 깊숙한 곳을 정리하는 일, 오래된 외장하드 속

♭ 재주소년 2집 [Peace](2005) 보도자료에 내걸었던 헤드카피 겸 캐치프레이즈.

음성 메모를 듣는 일과 비슷했다. 잠시 웃음 지은 후 평소처럼 닫아버릴 수는 없고, 꺼내서 먼지를 털어야 한다는 점이 달랐지만.

## 차례

3 Prologue 1
5 Prologue 2 —— 쓰지 못했던 이유

### 1부 · 얼마나 진한 숲 향기를 마시고 살았는지

17 회색 도시를 떠나 —— 섬
21 비밀소년
23 아무도 없는 바다 —— 섬 zero
29 두근거리는 맘으로 첫발을 내딛던 —— 캠퍼스 산책 zero
31 그 푸른 봄날에 —— 명륜동
33 바래진 편지처럼 너는 —— Take 1
35 바다 위로
40 캠퍼스 산책
44 마음의 지도
46 오랜 노트를 펼쳐 —— Missing Note
48 마리 이야기
52 작은 차에 셋이 타고 —— 다시 소년

### 2부 · 우리의 록은 당신의 포크보다 잔잔하다

57 조깅
62 귤
65 83

69 우리 이야기
72 간만의 외출
75 사라진 계절
79 봄의 사진 ——— 사라진 계절 zero
85 그래서 그런지 현실이 낯설었어
90 봄비가 내리는 제주시청 어느 모퉁이의 자취방에서
94 로드무비

## 3부 · 네 몸집처럼 작아져버린 나를

101 언덕
107 유년에게
109 기호 3번
111 유년에게 zero
113 새로운 세계
122 까치발을 든 하얀 운동화와 음료수
125 토끼가 그려진 티셔츠와 수박화채
129 붉게 해가 지는 곳을 보며 ——— 유년에게 edit
131 한 친구는 만화가가 된다고 ——— 농구공
134 미운 열두 살
138 스물을 넘고

## 4부 · 모든 겨울밤은 슬프다고 했던가

143 무대 위에서

145 슬픔은 시처럼
147 떠나지 마 zero
151 합정동
153 Alice
156 귤 returns
158 남쪽섬으로부터
159 봄이 오는 동안
165 어제와 다른 비가 내리는 창밖을 보며
166 옛 연인의 이름
167 떠나지 마
169 첫 여행
175 그 여행에서 돌아오지 않은 나
177 기억조립가의 믹싱
178 떠나지 마 edit
179 잃어버리기

**5부 · 다시 겨울**

183 A Cup of Tea
189 2시 20분
191 Lonely boy
194 Farewell
196 Inside
198 작은집

199 생일을 축하해

6부 · 직업으로서의 라디오 패널

204 어느 여름밤의 일기
209 제2자유로
211 EBS가 주는 모교의 느낌 —— Inside returns
213 모든 순간이 노래였음을
216 유해인 —— 2022년 9월 2일의 일기
219 그해 겨울 —— 계속 유해인
222 이사라 —— 2022년 9월 2일 덧붙여진 일기
225 첫째 준희
228 LP에 담겨 있는 흙냄새
232 여의도 카페
234 나 혼자 간다
238 꽃이 피고 지는 동안
241 혜은이
244 유하(YUHA)
247 기차

부록 · 소년, 잘 지내?

250 음악극 인셉션 & 1막-6막

286 Epilogue —— 해변의 아침

1부

# 얼마나 진한 숲 향기를 마시고 살았는지

너희 집 앞을 서성이다 작게 네 이름을 불렀을 때
창문을 열고 내려다보던 그 밤이 생각나

꿈인 것만 같던 스무 살 그때엔
눈이 녹지 않은 그 산이 너무 커 보였지

## 회색 도시를 떠나

— 섬

제주도가 마음속에 들어온 건 중학교 2학년 수학여행 때였다. 전교생이 함께 수학여행 코스의 일환으로 성산일출봉에 올랐을 때, 정상에서 한눈에 보이던 신비롭고도 이국적인 풍경에 감탄하며 '언젠가 이 섬에서 꼭 살아봐야겠다'고 생각했다. 그 작은 다짐은 마음속에 꽤 깊이 새겨졌는지 몇 해 지나지 않아 현실이 되었다.

수능 직후 모든 것으로부터 벗어나겠다는 충동적인 마음도 있었지만 제주대학교가 국립대학교라는 것, 그 학교에 내가 원하는 과가 존재한다는 것, 거기에는 나를 아는 사람이 아무도 없어 모든 것을 새로 시작할 수 있다는 막연한 리셋 정신까지 삼박자가 어우러졌기에 나는 미련 없이 그곳으로 떠났다. 성인이 됨과 동시에 제주에서 이루어진 나의 독립은 사춘기 연장선상에 놓인 무모한 선언이기도 했지만 만약 그 선택이 없었다면 지금의 활동명 '재주소년'도 없었을 테니, 시간이 흐른 지금 생각해봐도 제법 운명적이었다는 느낌이 든다.

유난히 춥던 2월, 김포에서 가족들의 배웅을 받으며 비행기에 홀로 몸을 실었다. 낯선 비행이었다. 개강을 앞두고 사전답사 겸 신입생 오리엔테이션을 다녀오는 1박 2일 일정이었다. 이륙하는 순간 귀가 막혀오던 느낌, 스튜어디스가 나눠준 오렌지주스의 맛, 성냥갑처럼 보이는 우리 고등학교, 가장 높이 오르자 펼쳐지던 구름 위의 풍경. 이 모든 것은 나를 흥분시키기에 충분했다.

시간이 얼마 지나지도 않았는데 곧 제주공항에 도착한다는 안내 멘트가 나왔다. 오늘 제주의 날씨는 맑고 따뜻하다고, 즐거운 여행되시라고. 착륙할 즈음 내려다본 제주 바

♭ 나는 대학 등록금을 극도로 아까워했는데 국립 제주대학교, 특히 인문대 사회학과의 등록금은 놀라울 정도로 저렴했다.

다 위에는 작은 배들이 거품을 내며 어디론가 뿔뿔뿔 움직이고 있었다. 같은 높이에서 바라본 한라산은 눈이 녹지 않은 채 구름 띠를 두르고 있었다. 웅장하고 아름다웠다.

착륙을 앞두고 보이기 시작한 공항 근처의 땅들은 각진 곳 없이 동글동글했다. 그 오손도손하던 땅의 경계는 가까이에서 보니 돌담이었다. 서울이 회색과 갈색 사이의 삭막한 느낌이었다면 제주는 한눈에 보아도 서울과는 완전히 다른 '초록 섬'이었다.

학교 홈페이지에 쓰여 있던 설명대로 500번 버스를 탔다. '한라대 방향' 말고 '제주대 방향'으로. 그러나 버스에 오르기가 무섭게 위기는 찾아왔다. 요금 통에 천 원을 넣었는데도 기사 아저씨가 거스름돈을 주지 않는 것이었다. 어떻게 해야 하나 쭈뼛거리고 서 있는데, 아저씨는 귀찮다는 듯이 작은 약봉지 하나를 건넸다. 약국에서 약을 담아주는 그 작은 봉투였다. 그 속에 짤랑거리는 것들이 있어 찢어보니 300원이 나왔다. 자리에 앉아 승객들의 행동을 관찰했더니 모두들 천 원을 넣은 뒤 소쿠리에 있는 손바닥 반만한 약봉지를 집어들고 자리에 가 앉았다. 서울에서는 기사님이 거스름돈 기계의 버튼을 누르면 동전이 땡그랑 하고 나왔지만, 이곳 분들은 누가 두 개를 집어가지 않는지 살짝 흘겨보기만 하면 되는 시스템을 가지고 있었다. 잔돈 봉지가 다 떨어지면 기사 아저씨는 잠시 운행을 멈추고 의자 밑에서 약봉지 한 움큼을 꺼내 소쿠리에 주섬주섬 진열해두기를 반복했다.

나는 한동안 친구들과 통화할 때면 늘 그 이야기를 했다. 여긴 이런 게 있다고. 버스를 탈 때마다 그 봉투를 볼 수 있었지만 2학기 즈음엔 도내 모든 버스에 거스름돈 기계가 설치되었다. 얼마 더 지나지 않아 교통카드의 시대가 도래할 것을 알았더라면 거스름돈 기계는 건너뛰고 바로 교통카드 리더기로 넘어갔어도 됐을 텐데. 300원짜리 작은 약봉지는 그렇게 순식간에 추억이 돼버렸다. 하나 정도는 뜯지 말고 가지고 있을 걸 그랬다. 귀엽게 짤랑거리던 작은 약봉지.

조용한 파도소리 들려

아무도 없는 바다

오랫동안 그려온 모습

# 비밀소년

당신의 바닷가는 잘 있습니까

나에게 검은모래해변을 소개시켜준 적 있죠

하늘과 바다만 아주 멀리까지 펼쳐져 있던

바람이 많이 불던 그 길을 우리는 한참 걸었죠

오래 기다려도 버스는 오지 않았고,

그래서 더 좋았어요

그 순간은 이렇게 남았습니다

무슨 말을 해야 할지 몰랐고,

별거 아닌 얘길 주고받으면서도 계속 웃었던

그해 그 섬

그 바닷가

지금도 난 생각이 나

바람을 따라서 해변을 따라서

우리가 흥얼거리던 노래 따라

너의 목소리를 따라

## 아무도 없는 바다

—— 섬 zero

처음 마주한 캠퍼스는 한라산 중턱에 있었다. 사람이 많아서 무슨 일인가 했더니 졸업식이 한창이었다. 검은 가운에 학사모를 쓰고 꽃다발을 든 사람들이 여기저기서 사진을 찍고 있었다. 대학교 졸업 풍경을 처음 본 나는 다 큰 사람들이 그렇게 맞춰 입고 사진 찍는 모습이 귀엽게 느껴졌다. 고등학교를 갓 졸업하고 비행기를 혼자 타는 것도 처음인 신입생 주제에.

제주는 따뜻했다. 불과 몇 시간 전 김포의 추위는 어느새 잊혀버렸다. 숲이 뿜어내는 공기에서 이국적인 봄 냄새가 났다. 공항에서부터 보이던 눈 덮인 한라산은 이제 바로 코앞에 와 있었다. 현실감이 떨어지는 풍경이었다.

일단 커다란 돌하르방이 있는 정문을 통과했다. 넓은 잔디가 있는 오르막길을 오를 땐 등에서 땀이 흘렀다. 더 헤매고 싶지는 않았기에 수위 아저씨에게 원룸촌이 어디 있는지 물었다. 당장 3월부터 학교 다니며 살 집을 구해야 했고, 당장 오늘 하루 묵을 곳도 필요했다. 어디에선가 무사히 잠을 자고 내일 신입생 오리엔테이션에 참석해야 했다. 그 모든 것을 한 번에 클리어하는 플랜으로, 방을 찾아 가계약을 한 뒤 '혹시 그 방에서 오늘밤 하루만 먼저 잘 수 있냐'고 물어볼 참이었다. 지금 생각하면 황당한 계획인데, 만약 그게 안 되면 그때 가서 따로 숙소를 잡든지 하자고 엄마와 두루뭉술한 작전을 짜두었었다. 말은 쉽지만 사실은 쉽지 않은 이 미션을 혼자 수행하려니 막막했다. 같은 대한민국이긴 해도 말투와 날씨, 모든 것이 내가 예상하던 것과 달랐다.

그런데, 작전은 아무 난관에도 부딪히지 않고 착착 계획대로 진행되었다. 수위 아저씨의 말대로 학교 뒷문 쪽에 원룸 한 채가 있었고 거기에는 또 나를 위한 방이 딱 하나 남아 있었다. 주인아주머니의 속사포 제주 사투리를 못 알아들을 뻔했던 게 위기라면 위기였으나, 신기하게도 아주머니는 전화기 너머 엄마와 통화하는 동안에는 표준어를 정확히 구사하셨다. 제주 특유의 부동산 방식인 '연세(年貰)'♭와 '신구간(新舊間)'♭♭에 대한 설명이 이어졌고, 몇 분간의 통화로 오늘밤 하루 신세를 지는 것까지 쿨하게 성사되었다. 하루 재워줄 수 있지만 내가 앞으로 살게 될 그 방은 지난겨울 동안 비어 있어서 너무 추울 테니 마당의 별채에서 묵으라고 하셨다. 아주머니의 동생 부부가 사는 집으로, 부부는 늦게까지 장사를 하고 아침에 들어온다고 했다.

'왜 굳이 대학을 제주까지 왔느냐, 우리 아들은 서울에서 대학을 다닌다' 등의 이야기를 나누며 아주머니의 트럭 옆자리에 앉아 바다로 향했다. 마침 일 때문에 시내에 가는 아주머니가 바다를 보러 가겠다는 나를 빤히 보시더니 "타

♭ 당시 제주도에는 월세가 없었다. 1년 치 집세를 내는 방식만 존재했는데 그 이유는 신구간 때문이었다.

♭♭ 제주도의 풍속으로, 지상의 모든 신들이 하늘에 다녀오는 기간을 말한다. 대한(大寒) 후 5일째부터 입춘(立春) 전 3일째까지로 약 일주일 기간인데, 이사나 집수리는 이때 해야 한다는 미신이었다. 처음 이 이야기를 들었을 땐 '섬 전체가 설마 이걸 믿겠어?'라고 가볍게 생각했으나 부동산 거래, 이사 일정 등 모든 것이 정말로 이 신구간에 의해 움직이고 있었다.

라게. 내려주켜. 뭔 버슨지도 모르멍 어떵" 하시길래 대충 태워주겠다는 얘기인 줄 알아듣고 냉큼 올라탄 것이다. 아무도 나를 모르는 섬에서 처음으로 맺은 인연, 게다가 트럭까지 얻어 타니 무전여행 기분이 났다.

용두암 근처에 내리면서 아주머니로부터 돌아오는 버스 편에 대한 설명을 듣긴 했지만 귀에 잘 들어오진 않았다. 그냥 빨리 바다가 보고 싶었다.

바람이 많이 불던 바닷가를 한참 동안 걸으면서 친구와 원 테이크로 녹음했던 습작♭들을 들었다. 카페에 들어갈까, 음식점에서 뭘 먹을까, 해안 뷰라 좀 비싼데? 망설이는 동안 날이 저물기 시작했고 바닷바람을 오래 맞으니 춥기도 했다. 머리 위로는 이래도 되는 건가 싶을 정도로 비행기가 낮게 날아다녔다. 그 커다란 굉음이 울릴 땐 이어폰 속 음악이 들리지 않았다. 무작정 추구한 열아홉의 낭만이 현실과 마주하는 순간이었다.

♭ 친구와 원 테이크로 녹음했던 습작 중 훗날 재주소년 음반을 통해 발표된 곡으로 〈언덕〉과 〈팅커벨〉이 있다.

결국 바닷가에서 후퇴하고, 돌아가는 버스의 정류장을 미리 찾아두었다. 여기서 타면 되겠구나, 안도한 뒤 근처의 작은 초등학교에 들어갔다. 운동장 옆 벤치에 앉아서 지는 해를 바라보며 “진짜 왔네?” 소리 내 혼잣말을 했다. 낯선 섬마을에 던져진 하숙생처럼 스스로를 섬에 가두려는, 드라마나 영화에 종종 등장하던 그 황당한 로망은 이렇게 이루어져버렸다. 사실 나는 지금도 그 소년을 이해할 수 있다. 어렴풋하지만 그런 짓을 추진했던 소년의 마음이 아직도 내 안에 있다.

어둑해져서야 원룸에 도착했다. 하룻밤 묵기로 얘기된 별채에는 아직 아무도 없었다. 거실 TV를 켜니 제주방송이 나왔다. 로고 송도 앵커도 뉴스의 내용도 서울과는 전혀 달랐다. 뉴스가 끝나고 나니 지역 예능이 시작되었다. 리포터가 할머니들을 모시고 논과 밭을 배경으로 퀴즈를 냈다. 알아들을 수 없는 제주어가 자막도 없이 속사포처럼 쏟아져 나왔다. 황당한 기분으로 열중해서 TV를 보는 동안, 아까 운동장에서 느꼈던 것보다 더 큰 서늘함이 밀려왔다. ‘이제 내 인생은 알 수 없는 곳으로 향하는구나, 돌이킬 수 없는 걸음을 덜컥 내디뎠구나.' 어쨌든 현지 적응을 위해 끝까지 시청했고 '내일 신입생 오리엔테이션에서 만날 아이들도 저만큼 낯선 언어를 사용할까' 하는 걱정을 잠시 했다. 농촌 예능이 끝나고 서울에서도 볼 수 있던 연속극이 시작하려 하기에 TV를 끄고 방에 들어가 뒤척이다 금세 잠이 들었다.

아침에 일어나보니 사람은 없고 메모만 있었다. 문을 어떻게 잠그고 열쇠는 어떻게 해달라는 내용이었다. 창문을 열고 새소리를 들었다. 이런 공기는 처음이었다. 맑고 진한 숲 향기였다. 짐을 챙겨서 학교로 향했다. 원룸에서 학교 후문까지는 200미터 정도. 가파른 내리막길이었다. 멀리 제주 시내와 그 너머의 바다가 보였다. 앞으로 매일 아침 내가 보게 될 믿을 수 없는 풍경이었다.

## 두근거리는 맘으로
## 첫발을 내딛던

——— 캠퍼스 산책 zero

개강을 하고 보니 학교에는 나처럼 바다를 건너온 아이들이 생각보다 많았다. 안 그래도 낯선데 제주도 애들끼리는 알아듣지 못하는 언어로 자꾸 대화를 하니, 학기 초에는 자연스럽게 육지 애들♭끼리 친해졌다.

신발을 벗고 들어가는 동아리 방에서 기타를 치며 빈둥거리던 3월 초, 그 애를 처음 보았다. 신입생들은 무리 지어 점심을 먹곤 했는데 식권을 사기 위해 줄을 설 때나 식판을 들고 밥을 기다릴 때면 누구와도 서먹한 사이였기에 언

♭ 제주도 사람들은 제주가 아닌 지역은 전부 '육지'라고 부른다. 다시 말해 '서울에서 왔니?'가 아닌 '육지에서 완?'

제나 서로 자기소개를 했다. 나 역시 매번 같은 레퍼토리로 나를 소개하면서 눈으로는 언제나 그 애를 찾고 있었다.

우연히 캠퍼스를 오가다 그 애와 눈인사라도 나누는 순간에는 기분좋은 샴푸향이 났다. 긴 머리, 옅은 베이지색 코트. 별것 아닌 그 애를 둘러싼 장면들이 3월 초, 아직 바람이 차갑던 캠퍼스의 풍경과 어우러져 기억 속에 남아 있다.

모든 것이 처음이었던 그때, 정말 아무것도 모르던 1학년 다섯 명이서 서귀포로 놀러간 적이 있다. 모두 제주 출신이 아니었기 때문에 어떻게든 제주를 즐겨야 한다는 강박을 가지고 있었던 것 같다. 복학생이지만 같은 1학년이던 형이 운전하는 차에 끼여 탄 채로 정방폭포에 갔었는데 주차장에 차를 세우기가 무섭게 수학여행 온 고등학생들이 옆 버스에서 쏟아져나왔다. 그 어색한 조합과 산만한 공간 속에 여자는 그 애뿐이었다. 차를 운전하던 형이 그 애에게 관심이 있다는 것을 직감하고 있었기에 나는 어색함을 무릅쓰고 그 드라이브에 끼어 있는 중이었다.

## 그 푸른 봄날에

—— 명륜동

몇 주가 흘러 새 학기의 서먹함이 서서히 사라져가던 어느 날. 동아리 사람들과 다 함께 정문 쪽으로 향했다. 1학년들은 어딜 가는지도 모른 채 따라나섰다. 선배들은 아마 와보면 깜짝 놀랄 거라며 의기양양했다. 대체 뭐길래 저러나 싶어 퉁명스럽게 따라갔지만 정문 앞에 도착해보니, 과연 그럴 만했다. 눈앞에 펼쳐진 것은 충격적일 정도로 아름다운 풍경이었다. "신혼부부 밀려와 똑같은 사진 찍기 구경"♭ 한다던 그 유명한 벚꽃 길이었다. 제주도에는 유채꽃만 있는 게 아니라는 걸 그때 처음 알았다.

♭ 최성원 〈제주도의 푸른밤〉 노래 가사 중에서.

선배고 후배고 들고 있는 카메라가 여러 대였기에 부르는 곳마다 쪼르르 달려가서 사진을 찍었다. 그 애 가까이에서 찍으려고 노력하긴 했으나 티가 날 정도로 행동하지는 않았다. 차가 다니는 2차선 도로였기 때문에 타이밍을 잡는 게 쉽지 않았다. 다행히 자동차들도 이 시즌에는 길 위의 모든 사람을 양해해주는 분위기였다. 클랙슨을 울리며 짜증내는 운전자는 없었다.

삼삼오오 한참 사진을 찍고 나니 동아리 회장 선배가 큰 소리로 "자, 내년에 또 오겠습니다. 철수!"라고 외쳤다. 우리들은 아쉬운 마음을 뒤로한 채 도란도란 얘기를 나누며 학교로 돌아갔다. 내년을 기약하면서. 그러나 그날 그 조합의 우리들이 찬란한 벚꽃을 배경으로 사진 속에 담기는 일은 그해 봄이 처음이자 마지막이었다. 그때는 전혀 알지 못했다. 그날의 풍경이 아프고도 아름다운 노래가 되어 이렇게 남겨진다는 것을.

그때도 널 알았다면 어땠을까

우리 처음 만나 설레이던

그 푸른 봄날에

# 바래진 편지처럼 너는

——— Take 1

너희 집 창문은 낭만적이었지. 창가에서 골목을
내려다보는 미소 때문이었을까. 화장도 안 한
얼굴을 부끄러워하는 몸짓과 표정 때문이었을까.
'내려갈게'라고 말하는 네 목소리가 가을밤 공기와
어우러져 나는 잠깐 어지러웠어.

그날 보고 온 영화가 꼭 그랬어. 너와 함께 봤다면
어땠을까 영화관에서도 그런 생각을 하고 있었어.
영화 속 주인공들이 마치 우리 같았다고 얘기하고
싶었지만 우리가 그 정도 사이는 아니었으니 그냥
말을 삼켰지. 하지만 뭐 어때. 우리가 대학교 1학년
때 처음 만난 건 맞잖아.
네가 일 년 동안 사귄 그 선배를 나도 알고 있지.
사실 지금은 얼굴도 어렴풋해. 다섯 명 모두 전혀
친하지 않았던 새 학기에 그 선배에게 차가 있다는

이유만으로 우리들은 한 차에 구겨져 탄 채 섬을 돌았지. 가는 데마다 수학여행 온 고등학생들과 겹치는 코스여서 풍경에 대한 감동은 전혀 없었어.

내가 좀더 용기를 냈다면 달라졌을까. 한 번쯤 널 좋아한다는 얘길 꺼냈다면 넌 어떤 반응이었을까.

기말고사 기간, 날씨가 춥던 어느 날. 도서관 뒤쪽 어두운 골목에서 팔짱을 낀 채 걸어가는 두 사람의 모습을 본 적이 있어. 아는 척하기에도 애매했던 나는 몇 발자국 뒤에서 두 사람이 그 골목을 다 지나가기를 기다릴 수밖에 없었지.

일 년이 지나간 봄엔

따뜻한 바람이 불어오네

…

바래진 편지처럼 너는 나의 마음속에 간직될까

너의 소식은 가끔 들을 수 있을까 오늘처럼

## 바다 위로

바다가 보이는 산중턱에서의 원룸 생활. 공기도 좋았고 가파른 등하굣길도 괜찮았지만, 스무 살에게는 이 패턴 역시 조금씩 지루해지기 시작했다. 대학교에서 새로운 친구를 사귀기보다 일산에 남아 있는 친구와 원룸 안에서 MSN[♭] 메신저를 하며 밤새도록 음악을 듣는 날이 많아졌다. 관심도 없는 교양수업을 듣기 위해 집에서 교양동으로 매일 오가는 일도 처음에는 낭만적이었지만 점점 흥

♭ 윈도우 소프트웨어의 자체 채팅 프로그램으로, 이후에 소개될 상봉과는 늘 이 프로그램으로 대화했다. 부록 「소년, 잘 지내?」 2막 참조.

미를 잃어갔다. 점심시간이 되면 같이 밥 먹을 사람 어디 없나, 동아리 방이 있는 학생회관 근처를 어슬렁거리는 것 정도가 캠퍼스 내에서의 유일한 활동이었다.

그나마 대학에 오기 전부터 궁금했던 철학과의 전공수업은 알고 보니 2학년 때부터 들을 수 있었다. 내가 입학한 해부터 도입된 제도 같았는데, 고등학교를 갓 졸업한 신입생들이 대학 커리큘럼에 적응할 수 있도록 학교측에서 나름대로 유예기간을 주는 것이었다. 다만 나로서는 그 제도 때문에 그나마 남아 있던 학문에 대한 동경조차 사라져갔다. 차라리 입학과 동시에 전공수업을 머릿속에 때려넣었다면 큰 부작용이 있었을까? 알아듣든 못 알아듣든 원하던 학문을 경험하고 싶었는데, 관심도 없는 교양수업이 진행되는 1년 동안 소림사에서 청소만 하는 기분에 지쳐갔다.

어떻게 캠퍼스 라이프를 즐겨야 할지 모르는 건 다른 친구들도 비슷했다. 동아리에서 사귄 애들은 대부분 육지 아이들이었지만 그중 한 명, 태어나서부터 지금까지 쭉 제주에서 살아온 소녀가 있었다. 그녀는 나와 전혀 다른 과였기 때문에 수업을 듣는 건물도 달랐다. 말수가 적고 사람을 경계하는 듯한 인상이었지만 그건 동아리에 제주도 아이들이 너무 없어 낯을 가렸던 거였다. 언젠가 그 친구를 비롯해 1학년 무리 여럿이 우리집에 놀러왔던 날, 컵에 수돗물을 받아 아무렇지 않게 벌컥벌컥 들이키는 그녀를 보고 육지 애들은 모두 깜짝 놀랐으나, 그녀 덕에 잘 몰랐던 현지인의 마인드를 조금씩 알아갈 수 있었다. 그 수돗물 사건 이후 우리는 부쩍 친해졌고, 시간이 흐를수록 그녀는 우리 모두에게 제주를 이해시키는 아주 중요한 인물이 되었다.

그러던 어느 날 내가 다니는 인문대 건물 복도에서 그녀를 만났다. 반가운 마음에 크게 손을 들어 "안녕!" 하고 인사했는데 분위기가 영 이상했다. 처음 만났던 날처럼 멈칫하더니 굳은 표정으로 끄덕이고 그냥 지나가버리는 게 아닌가. 씁쓸하긴 했지만 사람이 많아서 쑥스러웠겠거니, 바쁜 일이 있겠거니 생각하며 나도 그냥 가던 길을 갔다. 그리고 다음날 동아리 방에서 만난 그녀에게 어제 인문대에는 왜 왔었냐고 물었다. 그러자 눈을 동그랗게 뜨고는 자기는 인문대에 간 적이 없다고 하는 것이 아닌가! …알고 보니 '내가 본 그녀'는 그녀의 쌍둥이 언니였다. 그렇게까지 닮을 수가 있는 거냐고 나는 황당해했고 쌍둥이의 존재를 알고 있던 한 선배는 옆에서 한참을 깔깔 웃었다.

제주에서 살고 있다는 것 자체가 큰 일탈이었지만, 무료한 1학년에게는 또다른 일탈이 필요했다. 제주가 일상이 되어버리고 나니 그 일상을 또다시 벗어나고 싶었다. 사귀는 사이는 전혀 아니었고 엄청나게 친한 사이도 아니었던 그녀와 나는 공강이 같은 어느 요일이면 단둘이서 얘기하는 시간이 많았다. 벚꽃은 졌지만 날씨는 너무 좋았던 어느 봄날, 내가 바다에 가고 싶다고 말했고 그녀는 우리가 버스를 타고 갈 수 있는 가까운 바닷가로는 함덕과 이호가 있다고 했다. 공강은 한두 시간뿐이었기에 지금 떠나면 뒤에 있는 수업은 빼먹어야 했다. 그녀도 마찬가지였을 것이다. 어쨌든 우리는 즉흥적으로 함덕이 종점인 버스에 올라탔고 아무도 없는 바닷가에 도착해 말없이 수평선을 바라보는 오후를 누렸다. 제주시에서 보이는 바다는 북쪽 바다다. 동해, 서해, 남해는 육지에도 있지만 이렇게 북쪽에 수평선이 펼쳐진 바다는 우리나라에서 여기가 유일하다고 나는 재잘거렸다. 그녀는 현지인답게 '그러네'라는 건조한 대답으로 맞장구를 쳐주었다.

맑은 날엔 저 너머 육지가 보인다던

북쪽 바다에 웅크린 채

그댄 내게 기댔지

우리 왼쪽 어깨로

해는 저물어

# 캠퍼스 산책

전화를 걸었지. 멀리 있는 너에게.

통화를 하다보니 한 번쯤 놀래주고 싶다는 생각이 들었어.

마음먹은 순간 못할 게 뭐 있나 싶더라고.

비행기 티켓을 끊고 한걸음에 공항으로 달려갔어.

김포까지 30분, 하늘 위에서 50분,

공항에서 학교까지 버스를 타고 다시 30분,

정문에서 그 빈 강의실까지 걸어서 또 20분.

그사이에도 통화를 했지. 우린 멀리 있는 거니까.

남는 강의실 혼자 차지해놓고 왜 공부를 안 하냐고 물으니,

넌 "네가 전화해서 전화받고 있잖아"라고 말했어.

난 웃으며 계속 걸었지.

"어딜 가길래 숨을 헐떡거리느냐"고, "바쁘면

끊자"고 하길래 아니라고 했지. 통화를 좀더 끌어야 했으니까. 깜짝 놀랄 네 표정을 생각하니 웃음이 새어나왔어.

강의실은 학교 끝에 있었어.

산중턱 미대 건물에서 은은한 물감 냄새가 나는 것 같았어.

"도착했어."

"어딜?"

계단에 올라서니 전화기 속에서 같은 울림이 들리기 시작했지.

아니, 전화기 너머 들리던 울림 속으로 내가 들어온 것 같았어.

"근데 너 몇 층 강의실이야?"

"응? 2층……."

"몇 호?"

"216호… 설마 너… 왔어?"

2층 복도 끝에 얇은 코트를 입은 네가 서 있었어.

큰 거울 앞에서 전화기를 들고 왔다갔다 천천히 걸어 다니던 너와 거울 속에서 눈이 마주쳤고 멀리 복도 끝에 서 있는 널 향해 걸어갔어.

깜짝 놀라 웃기만 하던 너를 보면서 나도 계속 웃었지.

"뭔데?"

"그냥 왔어."

이상하게 그다음은 기억이 안 나. 우리가 뭘 했었지? 넌 공부를 더 하기로 하고 나는 친구들을 만나러 갔던가, 아님 그대로 짐을 챙겨서 함께 학교 밖으로 나갔던가? 기억을 더듬어봐도 잘 모르겠어.

시간이 이만큼 흘러 오늘 아침 이 한 토막의 기억만이 덩그러니 나에게 주어지는 이유는 뭘까. 우린 그런 특별한 이벤트를 할 만한 사이도 아니었는데. 그해 가을 네가 입고 있던 베이지색 코트가 생각나.

이제 와 추억이라고 말할 순 있지만

가슴이 시려오는 건 어쩔 수 없잖아

캠퍼스 산책 한 걸음 또 한 걸음을 걸을 때마다

그 시절의 우리가 있어 지루하지 않도록

## 마음의 지도

방 안에 누운 채로 천장만 바라보며 산책을 나가야겠다고 말로만 중얼거린 날들이 있다. 무기력한 와중에도 생각은 번져서 지금 이대로 '끝없는 산책'을 떠나는 상상을 하곤 했다. 산책을 하다하다 내가 증발해버리는 상상. 정말로 아무도 찾을 수 없는 곳에서 다른 이름으로 살아가는 건 어떤 기분일까. 그러니까 그것을 현실세계에서 굳이 찾아 설명하자면 '탈영병' 느낌?

일단 허름한 음식점에서 일을 시작해야겠지. 기록을 남기지 않는 여관방에서 한 달쯤 머무르며 더 장기적인 계획을 세워야 할 거야. 한 달 정도의 시간이면 나를 알던 사람들이 충격을 받고 조금 찾다가 포기했으려나. 한 달은 좀 짧겠지. 아무리 제주도라지만 없는 사람이 되긴 힘들 거야. 다른 나라로 가는 게 낫겠지. 너무 멀리 가는 건 무서운데……. 그럼 아시아권을 벗어나는 건 현실적으로 무리겠다. 그래도 말이 안 통하는 기분을 오래 누리려면 그 나라 언어는 최대한 천천히 배워야겠어.

쓸데없는 망상이 구체적으로 뻗어나가게 두면서 그 망상을 실현했을 때 어떤 부분이 통쾌한지, 어떤 부분이 아쉬운지 가늠해보았다. 마음속에서 통쾌함이 아쉬움을 조금 앞서고 있었다. 삶을 정리하는 기분이 이런 것일까. 높은 건물 옥상에 서면 이런 기분일까. 상상 속에서 계속 멀리까지 갔다.

망상을 펼치다 피곤해지면 다시 쓰러져 잤고 몸의 컨디션이 좀 괜찮은 날이면 노래를 만들었다. 휴학을 또 했기 때문에 내킬 때만 가끔씩 학교에 나가 전공수업 몇 개를 청강했다. 창밖에는 차가운 가을비 내리는 날이 많았다.

어디에 있더라도 찾을 수 있어

긴 여행이 끝나면 우리 함께 쉴 수 있겠지

# 오랜 노트를 펼쳐

Missing Note

시청 앞 골목 아직도 남아 있는 어젯밤 취했던 흔적

생기 넘치던 날들이 흩어져 지나가

너희 집 앞을 서성이다 작게 네 이름을 불렀을 때

창문을 열고 내려다보던 그 밤이 생각나

정류장 벽화도 건너편 레코드가게도

나무들이 가득한 공항 가는 길도

꿈인 것만 같던 스무 살 그때엔

눈이 녹지 않은 그 산이 너무 커 보였지

우리 꿈이 바랜 곳

그 자리에 너와 나는 노랠 하고 있었지

그땐 생각 없이 달렸어 끝이 어딘지도 모른 채

한 바퀴 섬을 돌아서 도착한 그곳

사실 아무도 없었어

지쳐 있던 우리를 겨우 달래던 그 바람

지금쯤 내 맘속에 되살아나는 이 기억들이

너에게 닿을 수 있길

# 마리 이야기

그녀는 늘 앞서 걷곤 했다. 중앙로에서 시청까지 버스들도 힘겹게 오르던 그 오르막길을 그녀는 성큼성큼 걸어갔다. 내가 한 살 위인데도 나에게 항상 퉁명스러웠다. 내 서울 말투 때문에 내가 입을 열 때마다 손발이 오그라드는 포즈를 취하며 야유를 보냈다. 1학년을 마치고 휴학했다가 2학년으로 복학해 족보가 꼬여버린 나를 편하게 대하는 사람이 없던 기간조차 그녀만큼은 나를 마주할 때마다 얼굴을 한껏 찌푸려 못생긴 표정을 한번 지어 보이고는 휙 지나가버렸다. 그러나 낯설었던 학과의 이모저모를 설명해주는 사람도 그녀였기에 그 당시 가장 가까운 사이였다고 할 수 있다. 볼 때마다 나를 놀렸지만 우리는 서로 그

것을 즐기고 있었다. 그녀의 남자친구는 당시 과에서 최고 학번의 선배였다. 모두들 전반적으로 인정하는 분위기의 성품과 외모였는데, 무엇보다 결정적으로 그 선배에게는 차가 있었다. 조수석에 앉아 해맑게 웃으며 어디론가 훌쩍 떠나는 그녀의 모습을 자주 볼 수 있었고 그때마다 가슴 한구석이 시렸다.

학기 초 MT 자리였다. 그녀는 뒷모습을 보이며 칼질을 하고 있었다. 찌개를 끓이는 중이었다. 여느 때처럼 내가 그녀의 주위를 맴돌며 아마 시답지 않은 소리를 했겠지. 내가 했던 농담은 이제 생각나지 않지만 그녀가 "조심해라, 나 칼 들고 있다"라고 했던 것만큼은 또렷이 기억하고 있다.

철학과 전원은 이른 저녁부터 마셨고, 취했고, 밤은 깊어갔다. 한쪽에서 큰 소리로 술 게임을 벌이는 동안, 어쩌다 보니 그녀와 나 단둘이서 잔디밭 저편으로 산책을 나섰다. 산책이었는지 뭘 가지러 다녀오는 길이었는지, 그녀가 어딜 가는데 내가 따라간 거였는지. 정확한 전후 상황은 머릿속에서 사라졌지만 중요한 건 단둘이 함께 있었고, 그녀 역시 그 순간만큼은 나를 밀어내지 않았다는 거다. 내게 통명스럽게 대했다고 해서 웃어주지 않았던 건 아니다. 그녀는 언제나 웃었다. 대화 내내 '넌 뭐냐'는 식의 톤이었지만. 그렇게 툭툭 던지는 말투로 웃으며 얘기하는 게 그녀의 화법이었다. 산책(인지 심부름인지)을 마치고 다시 무리가 있는 방으로 들어가야 했지만 우리는 그러지 않았다. 잔디에 있던 조그마한 바위를 오르락내리락하면서 할말은 다 떨어졌는데도 계속 함께 서성였다. 봄밤의 공기는 기분좋게 차가웠다.

그 무렵 수의학과에 다니던 아는 형의 소개로 강아지 한 마리를 받은 적이 있다. 태어나 처음으로 키워보는 강아지였다. 까맣고 예쁜 강아지에게 그녀의 이름을 붙여주었다. 나 혼자 조용히 부를 생각이었는데 룸메이트가 자꾸 그녀의 이름을 불러서 '아 망했구나' 싶었다. 다음날 바로 이름을 '마리'로 바꾸었지만 '마리'조차 그녀의 이름처럼 느껴져 이미 늦은 일이 되어버렸다.

학생들이 모두 빠져나간 여름의 제주시청은 조용했다. 여름방학이 끝나기 전 어느 저녁, 처음으로 그녀와 단둘이 밥을 먹었다. 그녀의 알바 이야기, 나의 서울 이야기, 철학과 사람들과 교수님들에 대한 이야기 등 두루 이야기를 나누었다. 누군가의 주도하에 1차, 2차, 3차로 과 행사 뒤풀이 자리를 옮겨다니던 때와는 달리, 우리는 스스로 음식점을 옮겨 다녀야 했다. 매운 불닭으로 1차, 달궈진 혀를 달래러 수박화채 2차. 함께 놀던 멤버 중 누구라도 부르면 아마 나왔을 텐데, 우리 두 사람 중 누구도 다른 사람 부르자는 얘기를 그때까지 꺼내지 않았다.

2차에서 나와 이제 어디로 가야 할까 고민하며 천천히 거리를 걸었다. 아무리 한산하다지만 몇 발짝 가다보면 친구의 친구라도 만나기 마련인 시청 바닥이었다. 경계를 늦추지 않고 걷던 중 마침내 그녀의 남자친구로부터 전화가 왔다. 나는 한 발짝 더 떨어져 애꿎은 전봇대를 툭툭 차며 서성거렸다. 듣지 않으려 해도 통화 내용이 어렴풋이 들리는 거리에서.

## 작은 차에 셋이 타고

——— 다시 소년

그때 우리는 셋이었고 너는 우리 중 유일하게 면허를
가지고 있었지. 지금은 나오지도 않는 작은 차의
뒷좌석에서 나는 기타를 치며 노래를 불렀어. 네가
군대에 가기 전 어느 가을날.
다음해였나. 나는 서울 합정동 낡은 오피스텔 7층에
살고 있었고 휴가를 나온 너는 우리집에서 하룻밤을
지내고 갔어. 그날도 내가 기타 치며 노래를
불러주었던 게 너는 기억이 난대. 나는 생각이 안
나는데 너는 기억이 난대.

내가 마지막 휴가를 받아 제주도에 다시 왔을 때
너는 귀여운 신입생과 사귀고 있었지. 도둑이라고
놀렸지만 부러웠고 네 차가 조금 더 잘나가는 경차로
바뀌어 있었던 게 생각이 나. 나는 그걸 또 얻어 타고
어디론가 달렸던 것 같아.

시간이 흘러 졸업식 하루 전날, 시청 근처
재즈클럽에서 내가 공연을 하고 있던 날. 웬 예쁜
사람이 들어온다 했는데 뒤따라 네가 들어왔지. 그때
그 신입생이 몇 년 사이 몰라보게 더 예뻐진 거야.

오늘밤엔 결혼 후에도 여기서 살면 될 것 같다고
얘기하는 너의 아파트에 앉아 기타를 치고 있어.
네가 결혼해버리고 나면 이런 날이 없을 테니
오늘이 아마 마지막일 수도 있겠지.
우리가 1학년이던 2002년, 너의 자취방에 갔을 때.
내가 오거나 말거나 게임만 하다가 대충 만들어서
내밀었던 스팸카레밥 참 맛있었는데.
어쩐지 오늘 렌터카를 몰고 화북으로 달릴 때부터
바람 냄새가 심상치 않더니 너 혼자 사는 아파트에
함께 누워 있는 지금, 잠들어 있던 기억들이
밀려온다.
내일이 여자친구와 1900일이라서 만 구천 원짜리
선물을 사러 간다 길래 아까 잠깐 중앙로에
따라갔었지. 밤 9시 40분 동문로터리, 예전에 극장이 있던 자리를 지나 지하상가 앞에 주차하고 계단을 내려갈 때 나는 아득해지고 말았어. 그 시절에 꼭 누군가를 두고 온 것만 같아.

작은 차에 셋이 타고

함께라면 어디든지 달려

2003년 가을

우리들은 스무 살이었지

거칠 것이 없던 시절

그날 넌 입영전야였어

…

달라질 건 없다 해도

자꾸 흐릿해져가는

그 소년을 부르네

## 2부

# 우리의 록은 당신의 포크보다 잔잔하다

통키(상봉이 키웠던 강아지)는 디스토션을 싫어해서
〈Missing Note〉까지는 봐주는데
〈춤추는 대구에서〉나 〈돼지국밥〉을 연주하기 시작하면 짖는다.

이 똑똑한 놈,
페달보드 앞에서 막고 있는 거 봐라.

비켜 인마,
솔로 쳐야 돼.
안 그래도 기타 두 대뿐인데
그나마 여기서 터져야 된다고.

조깅

용산 어딘가에서 당시로서는 최고 사양이었던 조립식 PC를 60만 원에 맞췄던 날. 지하철과 버스를 갈아타며 용산 전자상가에서 일산까지 낑낑 컴퓨터를 들고 왔던 설렘 가득한 그날이 우리의 시작이었을까. 아니면 일렉 기타를 가진 사람은 아무도 없었지만 록 밴드를 하겠다던 중3 남자애 다섯 명, 그중에 드러머였던 내가 V자 모양의 기타를 가진 교회 형에게 전화를 걸어 기타를 빌려줄 수 있냐고 물었던 날. 나머지 네 명은 마음 졸이며 통화 내용에 귀를 기울였고 "야 된대!"라는 나의 외침과 동시에 농구공을 튕기며 우르르 그 집으로 달려갔던 그 밤부터 짚어봐야 할까.

용산에서 맞춘 그 컴퓨터는 상봉이네 집과 우리집을 오갔다. 대부분의 기타 녹음과 프로그래밍은 '사보(sabo, 상봉에서 받침을 뺀 그의 애칭)의 방'에서 이루어졌고, 내 방에서는 〈수학여행 마지막 아침〉과 〈명륜동〉의 기타 그리고 거의 모든 보컬이 녹음되었다. 작업을 하겠다는 열정 하나로 비가 오는 날에도 굳이 컴퓨터를 비닐에 싸서 들고 옮겼다. '우리에게 주어진 시간이 별로 없으니 빨리빨리 녹음을 진행해야 한다'라고 생각하며 저질렀던 짓인데 지금 생각하면 참 아찔하다.

우리는 환경과 상황을 가리지 않고 레코딩에 임했다. (우리들의 역사는 너무나 장황해 이 글 안에 다 기록하기에는 역부족이지만, 어쨌거나.) 갑작스럽게 더 녹음할 것이 생각나 서로의 집에 불쑥 찾아가는 일도 많았다. 그때마다 부모님들은 "또 왔구나" 하며 문을 열어주셨다.

추석 연휴에 아무데도 가지 않았던 상봉이 갑자기 아이디어가 떠올랐다며 우리집 베란다에 앰프를 세팅했던 적도 있다. 반면에 우리 가족은 추석을 지내기 위해 외할아버지 댁으로 떠나야 했기에 상봉이 혼자 우리집에 남아 있었다. 그렇게 녹음되었던 트랙이 〈눈 오던 날(reprise)〉. 주인

없는 집에서 홀로 소심하지만 신명나게 "완! 투! 쓰리 포!"를 외쳤을 친구가 생각나 들을 때마다 웃음이 난다. 나 역시 상봉이 없는 상봉이네 집에서 미디 드럼을 집요하게 찍었던 적이 있다. 작업을 하고 있으면 상봉이네 엄마가 참외를 깎아 방으로 넣어주셨고 그걸 먹으면서 외출한 친구가 돌아올 때까지 사운드를 매만졌다. 'EQ'♭고 'COMP'♭♭고 아무것도 몰랐기에♭♭♭ 그냥 좋은 소리를 찾아 이리저리 헤맸고, 소리를 겹치거나 양옆으로 배치하는 등 할 수 있는 모든 시도를 했었다. 그 결과물은 〈조깅〉과 〈83〉의 드럼 프로그래밍으로 남아 있다.

♭ '이퀄라이저(equalizer)', 소리의 주파수 가운데 저음, 중음, 고음 영역의 값을 각각 설정해 (잘만 한다면) 더 듣기 좋은 소리를 만들어낼 수 있다.

♭♭ '컴프레서(compressor)', 소리의 크기를 일정한 범위로 제한하거나 여음을 줄여 소리를 타이트하게 만들기도 한다.

♭♭♭ 이런 것들을 만지는 것이 사운드 작업의 기본인데, 이 부분을 하나도 건드리지 않으면서 도대체 무슨 작업을 했던 것인지… 지금 생각하면 미스터리다.

이 곡을 만드는 과정에서 우리는 실제로 조깅을 하면서 달렸던 코스가 어디인지, 우연히 마주친 여자애가 누구였는지를 필요 이상으로 자세히 떠들어댔다. 함께 기타를 치다가 멈추고 얘기를 시작하면 밤새도록 이어졌다. 하루는 그 여자애가 일하는 서점에 함께 찾아가 책을 고르는 척하다 돌아온 적도 있었다. 상봉과 나는 고등학교가 달랐기 때문에 난 아예 모르는 애였다. 그 애가 가수 조규찬을 좋아한다는 사실을 프리챌[♭]을 통해 알게 되었던 날, 우리는 밤새 조규찬을 들었다. 이전에도 조금은 알고 있었던 노래들이었지만 그후로 조규찬의 음악을 대하는 마음가짐 자체가 달라졌다.

이십 년의 시간이 흘렀지만 나는 아직도 그때 그 동네에서 멀지 않은 곳에 살고 있다. '그 애 역시 아직 이 동네에 살고 있다면 한 번씩은 우연히 마주치지 않았을까.' 가끔씩

♭ '싸이월드'가 유행하기 전부터 존재하던 커뮤니티 사이트. 1999년에 시작해 2013년 2월 서비스를 종료하며 역사 속으로 사라졌다.

상상하곤 한다. 이제는 상봉이와 함께 흘끗흘끗 쳐다보았던 그 애의 얼굴조차 기억이 나지 않지만 친구의 조깅 코스였던 그 집 앞을 지나갈 때면 어렴풋하게 그 시절의 향기가 난다.

혹시나 나를 알아봤을까
떨리는 가슴속에
울려퍼지는 멜로디

# 귤

이유는 정말이지 기억나질 않는데, 고2를 보내던 어느 날 며칠 내내 울었던 적이 있다. 더이상 의지라는 것을 갖기 힘든, 마음이 독감을 앓는 상태였을까. 아마 고3을 앞두고 모든 게 다 싫었겠지. 2학년쯤 되어보니 삶이라는 게 신선한 맛도 없고, 앞으로 이런 생활을 일 년 더 한다고 생각하니 참을 수 없을 만큼 갑갑했다.

기숙사 고등학교의 새벽 여섯시, 광명시 구석에서 열리는 한겨울의 아침 점호는 춥고 어둡고 혹독했다. 터덜터덜 걸어가 식당에 줄을 서면 식판 위에는 어김없이 후식으로 귤이 올라왔다. 생각 없이 귤을 받아먹는 동안 그 시절은 아주 천천히 새겨지고 있었다. 짜증이 치밀어오를 정도로 차가운 아침 바람 속에, 제 몸집보다 컸던 코트 주머니 속에, 염세적인 열일곱 살의 무의식 속에.

야간 자율학습중 저녁 9시 20분 즈음이면 조금 긴 쉬는 시간이 있었다. 취침시간이 11시 40분이었으니 하루가 마무리되기 전에 바람을 쐴 수 있는 마지막 기회였다. 그 30분 동안 많은 일이 벌어지곤 했다. 좋아하는 남학생에게 쪽지와 음료수를 건네고 도망가는 여자애. 수줍음이 많은 그 애를 대신해 "누구누구 나와라!" 외쳐주는 터프한 여자애. 전교생의 반 이상이 밖으로 나와 체육복에 코트 차림으로 학교 주위를 빙빙 도는 그 30분 동안은 매점도 복도도 축제 분위기였다. 많은 아이들이 이때 후식으로 나왔던 그 귤을 꺼내먹곤 했다.

정확히 일 년 후였다. 날씨가 다시 쌀쌀해지고 후식으로 나온 귤을 또 마주하면서 당황스러운 기분을 느꼈던 건. 온몸의 세포들이 제멋대로 귤 향기에 새겨진 기억을 꺼내놓기 시작했다. 무엇보다 일 년이라는 시간이 순식간에 사라져버린 것만 같은 그 충격은 처음 느껴보는 것이었기에 전율이 일었다. 노트를 펼쳐 깜짝 놀란 그 마음을 최대한 구체적으로 적어내려갔다. 왜 울었는지, 왜 미워했는지, 왜 슬펐는지 일 년 사이 까맣게 잊어버릴 수 있다는 사실에 신기해하면서.

얼굴을 스치는 바람이 좀 차졌다 생각은 했지만

벌써 이렇게 시간이 지났을 줄이야

…

지나면 아무것도 아닌 일들로

나는 얼마나 고민했었나

## 83

친구들과 버스를 타고 일산에서 서울까지 나갔던 적이 있다. 아마 초등학교 5학년 때였을 것이다. 엄마 손을 잡고 타본 적 있는 노선이었지만 또래끼리는 처음이어서, 서울에 덩그러니 내던져진 기분에 왠지 더 짜릿해했던 것 같다. 그 첫 경험의 기억은 거기에 멈춰 있어서 당산에 내린 뒤 2호선을 탔는지 어딜 갔었는지 다음 장면은 생각나질 않는다.

몇 년 후 고등학교에 진학하게 되면서 일주일에 한 번 기숙사와 집을 오갈 때마다 그 버스를 탔다. 지금은 바뀌었지만 당시 그 버스의 번호는 83번이었다. 시끄러운 서울에서 작고 조용한 일산 구석 우리 마을까지 나를 데려다주는 고마운 버스였다. 버스 창밖 풍경은 일주일에 한 번 보는 것이었기에 소중했다. 운이 좋은 날이면 강변북로를 달리는 동안 한강에서 쏘아올리는 물줄기도 볼 수 있었다. 여름이면 한강 수영장에서 물놀이하는 사람들을 부러워하기도 했고, 벤치에 앉아 노을을 바라보는 커플을 보면서 '언젠가 나도 저기 앉아봐야지' 생각하기도 했다.

아름다운 풍경과 생각에 잠길 시간까지 선사하는 83번 버스에 오르는 날이면, 이 드라이브가 오래 이어지길, 아무도 모르는 곳까지 나를 데려가주길 바랐다. 계절의 변화에 따라 이어폰 속 선곡도 달라졌다. 풍경과 함께 음악을 들어야 했기 때문에 생각보다 짧은 '강변북로 코스'에서는 항상 분주한 마음으로 어울리는 CD를 플레이어에 올리곤 했다.

83번 버스를 타고 서울로 나가는 길에는 일산 IC를 거쳐 강변북로로 진입하는 구간이 있다. 이때 버스는 고가도로를 타고 굉장히 높이까지 올라간다. 그리고 곧이어 강변북로 서울 방향으로 내리꽂듯 버스가 빨려들어가는데, 그 순간엔 언제나 놀이기구 못지않은 짜릿함이 있었다. '이 정도 높이에서 강을 보여주고는 아래로 전력 질주하는데 이 가격이라고? 놀이공원 입장권보다 훨씬 싸잖아!' 버스가 내게 주는 것들에 비해 요금은 매우 저렴하다고 생각했다. 놀이기구 타는 일이 세상에서 가장 즐거운 일이라고 여겼던 어린 시절의 내가 아직 남아 있던 시기였기 때문에 그 스피드는 언제나 나를 만족시켰다.

스무 살 이후 서울에서 놀다가 집으로 돌아갈 때, 일산으로 출발해야 하는 시각의 마지노선은 언제나 83번의 막차 시간이었다. 성인이 되어 처음 만난 세상이 아무리 좋아도 83번을 놓친다면 할증 붙은 택시비를 감당하기는 어려웠다. 밤과 새벽의 경계선, 어디선가 얼큰해져서 하나둘 정류장으로 모여든 사람들과 함께 막차에 몸을 끼워넣는 일은 비일비재했다. 그런 날이면 또다른 차원의 스피드를 경험한다. 버스의 맨 앞자리에서. 이때 '앞자리'는 '앞쪽 좌석'이 아니라 승객이 탈 수 있는 한 최대로 탑승한 뒤, 교통카드를 간신히 찍고 버스 출입 계단을 다시 내려와 문 앞에 바짝 붙어 있는 상태를 뜻한다. 기사 아저씨가 사이드미러 가린다고 몸을 좀더 뒤로 젖히라고 주문하는 바로 그 자리. '그대로 꽉 잡아. 지금부터 강변북로 달린다!!!!' 버스에 탄 사람들 중 땅에 가장 가까이 붙어서, 최대 스피드로 강변북로를 질주하는 익스트림 스포츠. 오토바이가 달리는 것도 금지된 자동차전용도로를 스케이트보드로 질주한다고 상상한다면 아마 정확할 것이다.

이 체험이 너무 짜릿해 내심 그 자리에 다시 서기를 기대한 적도 있지만 언제나 막차에는 사람이 너무 많았고 그 자리를 일부러 차지하는 것은 불가능했다. 우연히 밀리고 밀려 그 자리에서 달려본 경험은 스무 살 무렵 두세 번이 전부였다.

혹시라도 한번 더 그렇게 강변북로를 달릴 수 있다면 바뀐 지금의 버스 번호로 비슷한 템포의 곡을 만들 수 있진 않을는지.

사보의 방은 언제나 적당히 좁고 아늑했다. 한 번 이사를 했지만 그 느낌은 변하지 않았다. 그 안에서 기타를 치는 순간에는 많은 것을 잊을 수 있었다. 모의고사, 수능, 가족, 학교. 모든 분야의 스트레스를 차단하는 곳이었다. 내가 코드를 치면 상봉이 솔로를 넣었고 우리의 어설픈 소리들이 이따금 화음을 이룰 때면 제법 짜릿했다.

서로에게 들려주기 위해 경쟁하듯 노래를 만들었고, 서로의 음악성에 매우 감탄하면서 두 고등학생은 각자 만들어온 코드 진행과 멜로디를 서로 가르쳐주고 배웠다. 그런 횟수가 잦아지다보니 척하면 척 곡의 구성을 짰고 멜로디 없이 가사만 있거나 반대로 가사 없이 멜로디만 있는 습작들도 기억해두었다가 일주일 새 완성해서 주말에 다시 만나곤 했다. 함께 연주하며 기타 라인을 추가했고, 드럼과 베이스를 건반이나 컴퓨터로 찍기도 했다.

코드만 치는 나보다 상봉이의 기타 플레이가 더 바빴기에 나는 얼떨결에 메인보컬이었다. 기타를 치며 화음을 넣는 연습♭을 하던 중 '난 그냥 기타만 칠래'라며 포기하려 했던 상봉을 끝까지 훈련시켜서 제법 괜찮은 앙상블을 만들어내기도 했다. 유치한 노래가 많았지만 모두 소중한 습작들이었다. 우린 비틀즈와 신윤철을 좋아했고, 강산에, 서우영, 해바라기를 따라 했다.

내가 제주도에서 대학교 신입생으로 지냈던 1년 내내 우리는 MSN으로 끊임없이 대화했다. 그 시절 상봉의 대화명은 '내 꿈은 뮤지션'이었다. 딱히 친구가 없던 재수생 상봉과, 제주 한라산 중턱에 고립되다시피 한 나는 메신저를 통해 신곡을 주고받는 일에 점점 더 심취해갔다.

♭ '기타를 치며 화음을 넣는 연습'을 했던 곡 예시로는
〈귤〉 – "지났을 줄이야",
〈눈 오던 날〉 – "너에게", "쌓인 길",
〈비오는 아침〉 – "시원한 바람에" 등이 있다.

6학년 때를 기억하니 우리 많이 어렸잖아

그때 시작한 기타 아직도 치잖아

…

유일하게도 행복했던 그 시간에

행복한 우리 웃음소리 들리는 듯해

## 간만의 외출

처음 자취를 시작했던 공간이 한라산 중턱인 사람은 몇이나 될까? 그 시절 그 동네에 몇 채 없던 원룸의 옆집, 윗집 살던 수의학과 학생들 정도 아닐까. 얼굴도 제대로 본 적이 없는, 근처 숲에서 가끔 나타나던 노루와 다름없는 존재감의 이웃사촌들.

그 섬에 놓여 있던 2002년은 내 인생에서 가장 고요한 1년이었다. 지금 그곳에 가보면 엄청나게 늘어난 원룸들과 바로 옆에 추가로 지어진 기숙사, 그때와는 비교할 수 없을 만큼 많아진 식당, 왁자지껄한 대학생들을 만날 수 있지만 그 당시만 해도 그곳은 학교 후문이라기보다 그냥 한라산 그 자체였다.

다행히 인터넷은 가능하던 그곳에서 MSN을 통해 일산의 재수생 상봉과 각자 만든 노래를 맹렬히 주고받았다. 학업에는 전혀 성실하지 못했지만 신곡 경쟁만큼은 치열했던 어느 날, 〈간만의 외출〉 1절 데모를 들으며 밖으로 나왔다. 그 데모는 일산에서 보내온 편지 같았다. 1절만으로는 미완성이었다. 내가 제주에서 회신을 보내야만 비로소 완성될 수 있는 그런 곡이었다. 이어폰을 끼고 마침 아직 가보지 않았던 오솔길로 자전거를 몰았다.

오솔길은 내리막이었다. 스피드를 즐길 수도 있으나 반대편에서 차가 올라올까봐 조마조마한 마음으로 페달을 밟았다. 어디로 가는지도 모르는 채 한없이 내려가는 그 기분은 상쾌했다. 멀리 바다가 보였고 작은 무덤들이 있는 잔디밭과 언덕도 지났다. 오솔길 옆 숲 너머로 음대 건물이 있었기 때문에 아련한 트럼펫 소리가 울려퍼졌다. 숲 내음 가득한 라이딩의 배경음악이었다.

오솔길이 끝날 즈음 '이 정도 내려왔으면 이제 학교 정문이 나오는 걸까' 생각하고 있는데, 갑자기 믿기 힘든 풍경이 펼쳐졌다. 타조농장이 나타난 것이다. 태어나 처음으로 타조를 보는 것도 신기한데 수백 마리의 타조를 한꺼번에 목격하니 입이 다물어지지 않았다. 비가 갠 제주 하늘 위로 무지개가 떠 있었기 때문에 신비로움은 더했다.

그렇게 비현실적인 라이딩 후, 노래의 2절은 완성되었다. "알 수 없는 가려진 오솔길"에서 만난 타조도 노래 속에 담고 싶었지만 모든 것을 노랫말 속에 욱여넣을 수 없다는 것을 깨닫고 나만의 비밀로 남겨두기로 했다.

고요한 그 숲에서 보낸 나의 일 년은 시간이 많이 흐른 지금까지도 가슴 깊이 새겨져 있다. 그리고 언제든 작은 이야기를 길어올릴 수 있는 샘이 되었다.

한 번쯤 가보고 싶었던

알 수 없는 가려진 오솔길

자전거 타고

귓불을 스치는 바람

이렇게 커버릴 줄 몰랐던 시절

## 사라진 계절

음반가게들이 사라지기 시작하던 무렵, 나는 그때까지도 CD를 사러 신촌까지 나가곤 했다. 버스를 타고 서울로 여행을 떠나는 한 시간 동안 맨 뒷자리에 앉아 창밖 풍경을 바라보던 스무 살의 동선에는 언제나 설렘이 있었다. 돌아오는 막차를 타고 졸다가 종점에 내려 다시 집까지 걸어갈 때도 귓가엔 음악이 흘렀다. 세상이 얼마나 더 버거워질지 잘 모르지만 어쨌거나 당시의 고민만으로 충분히 힘겹던 시절, 이어폰에서 흘러나오던 음악은 아무 말 없이 어깨를 내주는 친구 같았다.

재주소년 1집 녹음을 마무리하고 발매를 기다리던 10월 어느 밤, 델리스파이스 형들의 초대로 멀리 어린이대

공원까지 공연을 보러 간 적이 있다. 좀 늦은 탓에 공연장 입구에서 제지를 당해 안으로 들어가지 못했는데, 이런 델 처음 와보는 스무 살 남자애 둘은 방법을 찾아 들어갈 생각은 하지 않고 스태프들의 눈에 띄지 않는 구석탱이에서 멀리 새어나오는 음악 소리♭만 듣고 있었다. 그 어렴풋한 밴드 사운드와 수많은 인파에 감탄하며 두 풋내기는 곧 세상에 나올 우리의 음악이 얼마나 초라한가에 관해 토의했다.

지금은 사라지고 없지만 뒤풀이로 자주 모였던 홍대 고깃집 '돈야 2층'은 그 시절 인디 신에 술과 고기를 공급하는 심장 같았다. 거기에서 한철이 형을 처음 만났고, '넬 애들은 방금 먼저 갔다'는 이야기에 아쉬워했으며, 시답지 않은 농담부터 진지한 음악 얘기까지 새벽 내내 형들과 함께했다. 유학생활중 한 번씩 한국에 들어와 모습을 비추던 윤석이 형을 처음 마주한 것도 돈야 2층이었다. 그날, 옆에 있던 아립이 누나와 윤석이 형을 동시에 앉혀두고 영화 〈버

♭ 그 공연은 델리스파이스, 이적, 불독맨션, 넬의 합동공연이었고 희미하게 들려온 음악은 넬의 〈유령의 노래〉였다.

스, 정류장〉 OST를 들으며 내가 매일 마주했던 제주의 풍경에 대해 반복 설명하다 상봉에게 제지당하기도 했다. 능룡이 형과 대정이 형을 처음 만난 곳도 그곳이었다. 분위기가 무르익고 고기도 다 떨어진 새벽 3시 즈음, 언니네 이발관의 두 형들이 나타나 순용이 형과 칼국수를 추가 주문해 나눠 먹던 장면은 왜인지 지금도 잊히지 않는다.

상봉과 나는 서로 붙어앉더라도 각자 다른 형들과 얘기를 나누었다. 이 새로운 세계가 신기했기 때문에 각자 가까이 앉은 형들과 충실히 대화하고, 다음날 서로에게 내용을 공유하는 식이었다. 약속한 적은 없지만 이런 암묵적인 패턴은 한동안 분명 존재했는데 어느 날 이 패턴이 깨지는 사건이 발생한다. 그날도 돈야 2층에 앉아 주문한 고기와 공연장에서 아직 넘어오지 않은 다른 형들을 기다리고 있었을 것이다. 그런데 상봉의 모습이 평소와 달랐다. 다른 사람이 알아챌 정도는 아니라도 나는 느낄 수 있는 정도의 변화였다. 넋이 나가 있는 친구에게 왜 그러냐고 물으니 전혀 예상치 못했던 대답이 돌아왔다.

계속 그 애 생각이 나서 아무것도 할 수가 없다고.

마지막 여름 새벽 비가 무심하게 내리는

신촌의 모퉁이에서

초록색 쓰레기차에 젖은 봉투를

던지는 아저씰 바라보다

집으로 향하는 버스를 그냥 보내고

## 봄의 사진

——— 사라진 계절 zero

서울은 북적거렸고 일산은 조용했다. 사보의 방 뒤편으론 경의선 기차가 지나다녔는데, 내내 고요하다가 한 번씩 들려오는 기차 소리 덕분에 우리가 기타를 얼마나 오래 쳤는지 시간을 가늠할 수 있었다. 배가 고파지면 늘 라면을 끓였고 남은 국물에는 언제나 밥을 말아 먹었다.

이 고요한 아파트 골방에 그 애가 찾아오는 사건이 발생하게 된다. 무슨 깡인지 상봉이 지나가는 말로 그 애를 초대했고 그 애가 덜컥 승낙한 것이다. 늘 간섭이 없던 상봉이네 엄마도 이 일을 듣고는 축하한다(?)고 하셨다. 우리 둘은 어디서부터 치워야 하냐며, 실제로는 하나도 안 치우면서 입으로만 난리법석을 피웠다. 그리고 다가온 그 애의 방문 당일, 나는 상봉의 후기를 기다리며 집에 머물러 있었다. 그렇게 시간이 몇 주 흐르고 그 아이와 상봉이 어느 정도 더 가까워졌다고 느껴질 즈음, 서울 대학로의 한 녹음실에서 나도 그 애를 처음 만나게 된다. 내겐 대학로가 익숙하지 않았기 때문에 둘이 가자는 대로 따라가서 밥을 먹었다. 젓가락질을 잘하네, 못하네 하며 투닥거리는 두 남녀의 모습을 보면서 내가 아는 내 친구가 맞나 싶었다.

셋이 어울린 적이 아주 많은 건 아니었지만 몇 편의 기억이 있다. 당시 이대 후문 쪽 고가도로 아래에 있던 클럽 '빵'에서 갖게 될 우리 역사상 첫 클럽 라이브를 앞두고, 연습을 본격적으로 하겠다며 한 시간에 만 사천 원 언저리였던 합주실을 빌렸다. 우리도 처음 빌려본 작은 합주실에 그 애를 초대했던 그날, 으리으리한 드럼과 각종 앰프들은 전혀 사용하지 않은 채(상봉은 일렉 기타 앰프를 사용했다) 나와 상봉이는 기타를 치며 화음을 맞추었다. 그 애는 우리의 앙상블을 처음으로 들어준 관객이었다. 누군가를 앞에 앉혀놓고 정식으로 연주하는 것 자체가 처음 있는 일이었다. 초등학교 동창 명수, 중학교 동창 희상이 정도가 있긴 했지만 그

건 사보의 방 안에서 벌어진 일이었고, 무엇보다 이성 관객은 처음이었다. 그러니 그녀가 공식적인 첫 관객이었다고 분명히 말할 수 있다. 작은 합주실 안에서 아무리 멀리 떨어져도 코앞에 앉아 있는 관객 한 명을 두고 우리는 서너 곡을 연주했다. 그 애는 눈이 좀 커졌을 뿐 별말이 없었다. 우리 음악이 별로인가 싶어 걱정하고 있는데, 잠시 후 '너무 좋다' '깜짝 놀랐다'며 리액션을 쏟아냈다.

그날들은 얼마 동안 이어졌던 걸까. 이제는 정말 기억이 희미하다. 다만 노래가 돼버린 몇몇 장면들이 존재한다. 가끔 노래를 들을 때면 지금의 내가 기억하지 못하는 무언가가 아직 그 안에 봉인되어 있는 느낌을 받는다. 전부 기억한다고 여겼지만 두고 온 것들이 있는 것이다.

〈사라진 계절〉은 1집에서 후반 믹스작업을 하지 못한 두 곡 중 하나다. 처음 상봉이 신곡을 썼다며 데모를 보내왔을 때, 지금까지 들어본 적이 없는 발라드였기 때문에 어딘가 슬프면서 웃겼다. 우리가 함께 초등학교 시절부터 지내온 동네 풍경이 노래 안에서 그려지는 것과 동시에 가슴에 구멍이 난 듯한 상실의 감정을 느꼈다. 내가 노래를 부를 수 있도록 기타 반주를 정식 녹음하겠다며, 작업 컴퓨터가 있던 우리집에 상봉이 찾아왔고 나는 마음에 들 때까지 녹음하라며 방을 내주었다. 그렇게 기타 녹음을 마친 후 상봉은 집으로 돌아갔고 나는 그가 불러둔 불명확한 데모의 멜로디를 익혀 노래를 불렀다. 너무 더운 여름날이었기 때문에 창문을 열어둔 채로 녹음을 했는데 덕분에 동네 아이들 소리, 자동차 소리 등이 그대로 들어가버렸다. '잘 어울리네?'라고 생각했지만 그대로 쓸 생각은 없었다. 노래 연습을 해본 것일 뿐이라고, 가이드라고 생각했으니까.

그런데 며칠 지나지 않아 이 곡의 녹음 소스들을 날려버리는 불행한 사태가 벌어진다! 기타와 보컬이 따로 녹음된 WAV 파일이 모두 날아간 것이다. 이렇게 되면 상봉이 녹음해둔 기타 트랙 위에 노래를 새로 녹음할 수 없었다. 컴퓨터에 남은 것은 창문 열고 녹음했던 1차 버전 모니터용 MP3 파일뿐이었다. 이런 경우 선택지는 '이 허접한 가이드를 그대로 쓰느냐, 기타부터 보컬까지 전부 다시 녹음하느냐'였다. 이렇게 녹음 파일을 날려먹는 일은 사실 종종 있었다. 그때마다 우리는 서로를 격려하며 더 좋은 소스를 위해 재녹음을 하곤 했는데 상봉이 이 곡만큼은 다시 치기가 힘들다고 얘기했다. 노래가 이렇게 엉망인데 다시 해야 하지 않겠냐고 설득도 해보았지만, 이대로도 나름 괜찮다고, 자기가 부른 것보다는 낫지 않냐며 힘없이 고집을 부렸다. 그렇게 결국 〈사라진 계절〉은 연습 녹음 버전이 앨범에 실리고 말았다.

여름밤 폭우가 쏟아지고 난 뒤의 맑고 깨끗했던 동네 공기는 사실 다른 곡에도 들어 있다. 〈명륜동〉과 〈수학여행 마지막 아침〉 두 곡의 기타 녹음을 하던 날에도 창문을 살짝 열어두었기에 물기 머금은 아스팔트 위를 지나가는 자동차 타이어 소리가 어딘가 작게 들어가 있다. 당시에는 '다시 녹음해야 하는 거 아냐?'라며 머리를 맞대고 토론했지만, 시간이 흐른 지금은 오히려 조그맣게 담겨 있는 그 시절의 동네 소리가 듣고 싶어서 가끔 그 곡들을 꺼내 듣는다.

〈조깅〉과 〈눈 오던 날〉의 주인공인 같은 반 여자애에 대해 미주알고주알 얘길 나누던 열아홉의 시간은 너무 짧았다. 그 새로운 버전일 것만 같던 세 사람의 에피소드 또한 우리들의 스무 살을 순식간에 지나쳐갔다. 제목처럼 사라져버린 계절. 계속해서 재잘대기에는 겸연쩍어진 주제들. 데

뛰와 동시에 맞이하게 되는 새로운 세계. 기억은 편집된 것처럼 이 장면 저 장면 툭툭 끊어져 있지만 비가 갠 고요한 동네의 풍경만은 공들여 녹음했던 트랙들 속에 고스란히 남아 있다.

## 그래서 그런지
## 현실이 낯설었어

2003년을 기점으로 우리를 둘러싼 공기는 바뀌었다. 사보의 방을 지나 신풍역 지하 작업실에서 밤을 새우던 어긋난 열정♭의 봄날부터, 일산으로 다시 돌아와 서로의 방구석을 방문하며 트랙을 쌓아올린 여름과 가을까지. 그 시절 할 수 있었던 모든 것을 담아 1집을 만들었다.

우리의 바람이 소박했기 때문이었을까. 크게 기대하지 않았던 데뷔 앨범의 성적표는 화려했다. 〈눈 오던 날〉과

♭ 한참 공들여 작업했는데 템포가 너무 빠르다거나 반주를 다 만들었는데 막상 노래를 불러보니 키(key)가 맞지 않는 등 매우 힘 빠지는 상황들.

〈귤〉이 라디오에서 제법 흘러나왔고, 데뷔 전부터 알고 지낸—우리에게는 커다란 존재였던—형들도 모두 칭찬과 응원을 아끼지 않았다. 특히 마이앤트메리의 순용이 형은 명동에서 열렸던 두 번의 쇼케이스, 그중 강남 교보문고에서의 쇼케이스가 열리던 날 직접 믹서를 잡고 사운드를 맞춰주었다. 지금 생각해보면 어디서 어떻게 소리가 나는지도 몰랐지만, 긴 머리를 쓸어넘기며 기타 2채널, 마이크 2채널의 사운드를 디자인하던 형의 모습은 은인 그 자체로 남아 있다.

짧았지만 아주 길게 느껴진 그해 겨울. 우리는 홍대 앞의 작은 공연들, 공중파 라디오와 TV, 지방 도시의 라디오('정오의 희망곡' 혹은 '별이 빛나는 밤에' 등), 대구 광주 부산 등의 도시를 순회하는 클럽 투어를 모두 경험했다.

첫 공연은 대학로 SH 클럽에서 열린 문라이즈♭ 3주년 합동공연이었고, 첫 라디오 출연은 대전 KBS였으며, 첫 TV 출연은 강원도 어느 대학교의 커다란 홀에서 녹화했던 '임지훈의 예전처럼' 공개방송이었다. 그리고 이 모든 것에 앞서 2003년 11월 27일(혹은 28일) 앨범 발매와 동시에 MBC 심야라디오 '유희열의 올댓뮤직'을 통해 〈눈 오던 날〉이 소개되는 일도 있었다. 당시 삼삼오오 모여 있던 '재

♭ 델리스파이스의 프론트맨인 민규 형이 이끌던 인디 레이블. 민규 형은 우리의 '애프터눈 데모'를 듣고 포크 듀오 '재주소년'이라는 이름을 고안해낸 음반 제작자이기도 하다. 당시 문라이즈 레이블을 통해 토마스쿡, 전자양, 마이앤트메리, 연진, W(웨어더스토리엔즈), 이한철 등 여러 뮤지션의 음악과 소식이 올라왔기에 그 홈페이지는 음악 좀 듣는 사람들이 자주 들락거리는 곳이었고 팬들끼리의 교류도 왕성했다.

↘ 애프터눈(afternoon): 재주소년이라는 이름이 생기기 전, 우리가 정해두었던 활동명. '박고테 프로젝트'처럼 '프로듀서에 유상봉, 소속 가수에 박경환' 형태를 표방했다. 솔로인 듯 2인조인 이 방식을 우리는 그때부터 추구하고 있었다. 데모에 대해서는 부록 「소년, 잘 지내?」 2막 참고.

주소년 싸이월드 클럽'♭ 멤버들은 축제 분위기였고 밤이 새도록 함께 음악을 들으며 채팅♭♭했다.

그 겨울을 지나 봄이 찾아올 즈음 나는 제주대학교 2학년으로 복학, 상봉은 한라대학교 1학년으로 입학을 결정했다. '밴드가 잘되고 있는데 서울에 있어야지 왜 제주도로 가냐'며 주변에서는 의아해했지만 우리는 그 짧은 활동만으로도 무언가를 너무 많이 소진했다고 느꼈다. 둘만의 회의를

♭ 데뷔도 하지 않았던 포크 듀오인데 도대체 팬들이 어디서 모인 것인지 의아할 수 있겠지만 당시 멤버의 조합은 다양했다. 고등학교 시절부터 활동했던 '밀림닷컴'—2000년대 초 아마추어 뮤지션들이 자작곡을 올리던 사이트—의 인연들, 유재하음악경연대회 수상 이후 만들었던 다음카페 회원들, 민규 형의 문라이즈 홈페이지 속 스포일러를 읽고 모인 델리스파이스 강성(?) 팬—대부분 누나—들, 우리의 중학교 동창 상호, 그 외 정말 알 수 없는 멤버 몇몇… 이런 식이었다. 서로의 얼굴도 모르는 채 많은 이야기를 나누며 위로와 용기를 얻었다.

♭♭ '윈앰프(Winamp)'라는 시스템을 통해 한 사람이 디제이처럼 계속 음악을 틀 수 있었다. 재주소년 1집이 발매되기 전 '재주소년 싸이클럽'의 멤버들과 "우리 '재주민'이야?"라는 농담을 나누며 아직 세상에 나오지 않은 1집의 믹스 파일을 같이 듣기도 했다.

거듭한 끝에 결정한 제주행이었고 그곳에서 새 음악을 만들자고 결의했다.

우리가 다닐 대학교는 서로 반대 방향이었지만 중간 지점인 제주시청 근처에 방을 얻어 함께 지내기 시작했다. 이사와 동시에 제주 MBC 다큐멘터리 촬영, 서울 대학로에서의 첫 단독 콘서트 등을 소화하기 위해 공항을 들락거렸다. 2집을 명반으로 만들 생각으로 다시 제주에 온 것이었지만 이래저래 스케줄이 많은 날들이었다. 꽃샘추위가 매섭던 2004년 1학기는 그렇게 시작되고 있었다. 그때까지만 해도 우리는 그곳에서 다시 '사보의 방'에서만큼 많은 양의 작업을 함께할 수 있을 거라고 착각하고 있었다.

이제는 흔적도 없는 긴 도로일 뿐
사람들로 붐비는 서울 거리는
무엇도 변하지 않았어
두 번의 계절은 가버렸어도
가방 속에는 노란 수첩이
그래서 그런지 현실이 낯설었어

## 봄비가 내리는 제주시청
## 어느 모퉁이의 자취방에서

아무것도 모르는 신입생이었던 2002년. 경비 아저씨의 말만 듣고 선택한 학교 뒷문, 한라산 중턱, 그 동네는 너무나 깜깜했다. 버스는 황당하게도 오후 6시 50분이 막차였다. 하나 있던 작은 구멍가게도 일찍 문을 닫았고, 가로등도 없어서 쓰레기를 버리러 가는 길에 마주한 밤하늘에서는 그야말로 '쏟아지는' 별들을 볼 수 있었다. 하지만 새롭게 시작될 2004년 1학기에 난 혼자가 아니었다. 교통도 복지도 중요했다. 그렇기 때문에 그 신비로운 동네에서 2학년을 또 보내지는 않기로 했다.

복학을 앞둔 2월, 일단 열심히 방을 구하러 다녔다. 내가 경험한 야생의 제주를 상봉이도 겪게 할 수 없다는 책임감이 은연중에 있었던 것 같다. 육지에서 온 학생들이 자취를 많이 한다던 시청 쪽 골목을 집중해서 돌아다녔다. 당연한 것이지만 집의 퀄리티와 가격은 비례했다. 계획했던 예산을 훨씬 웃도는 단 하나의 집이 마음을 사로잡았고 그 자리에서 덜컥 계약까지 해버렸다. 액수가 정확히 기억나지는 않지만 재주소년 1집으로 조금 모아두었던 돈을 탕진했다는 느낌만은 남아 있다.

그 집은 개강 파티가 끝난 후 걸어서 귀가할 수도 있는 핫플레이스의 한가운데…까지는 아니고, 모퉁이였다. 제주 시청 어느 골목의 신축 원룸 4층이었는데 구조상 옆집이 없었다. 한 층을 혼자서 쓴다는 게 우리에겐 큰 메리트였다. 기타도 쳐야 하고 노래도 불러야 하는데 옆집이 있는 건 곤란했다(라고 생각했다는 것 자체가 세상 물정을 몰랐다는 증거다). 무엇보다 커다란 유리창 너머로는 한라산이 보였다. 날씨만 좋으면 노루까지 보일 기세였다. 베란다에서 사다리로 한번 더 올라간 옥상에서는 바다가 보였다. 날씨가 좋은 날엔 여수까지 보였다(이건 진짜). 내가 미리 구해둔 이 집에 도착하자마자 상봉은 첫마디로 "무라카미 하루키도 이런 집에 살진 않겠다!"라고 했다. 우리는 웃음을 터뜨렸고 녹음도 합주도 밥도 잘해 먹으며 3월 초, 섬에서의 생활을 즐겼다.

나는 2학년이 되면서 비로소 철학과에 드나들기 시작했고 이런저런 모임이 많아졌다. 2학년 1학기가 진짜 대학 생활의 시작인 것 같았다. 신입생 때 마무리되었어야 할 여러 일정들을 복학생으로서 소화하고 있었다. 다른 학교의 04학번으로 입학한 상봉에게도 모임은 있었지만 자주 참석하지는 않는 것 같았다. 수업에도 그다지 성실하지 않다보니 나보다 더 많은 시간 홀로 집에 있었다. 내가 돌아올 때면 항상 기타를 치고 있거나 기타를 치다 잠들어 있거나, 기타로 녹음한 곡을 들어보라며 내밀곤 했다.

그해에는 유난히 봄비가 자주 내렸다. 상봉은 한동안 지독한 감기를 앓았다. 남쪽의 봄을 얕보고 두꺼운 외투 하나 챙겨오지 않아서 된통 걸린 거라고 우리끼리 얘길 했었는데, 알고 보니 이 증상은 매년 봄에 찾아오는 꽃가루 알레르기였다. 내 친구는 미련하게도 몇 번의 봄을 더 앓다가 병원에서 검사한 뒤에야 그 사실을 알게 되었다. 봄만 되면 코를 잘라버리고 싶다던 그의 말의 앞뒤가 퍼즐 조각처럼 맞춰지는 순간이었다.

상봉이 꽃가루 알레르기를 앓는 동안, 캠퍼스의 벚꽃은 하얀 잎을 눈처럼 떨어뜨렸다. 서서히 따뜻해지는 날씨, 이제 막 피어나는 노란 유채꽃들 때문에 섬 전체가 알록달록했다. 한 달 전 입학해 서먹했던 아이들은 벌써 친해졌는지 농구장이 붐볐다. 체육대회 시즌이었기 때문에 단과대학들은 앞다투어 대운동장을 예약하기 시작했다. 커플이 눈에 띄게 늘고 있었고, 나는 그걸 지켜보는 복학생이었으며, 집에는 그런 것들과 상관없이 기타를 치고 있는 룸메이트가 있었다.

## 로드무비

개강 후 약 두 달 동안 '주말에 한라산 한 번 가자'는 대화를 룸메이트와 나누었지만 한라산 입장 제한 시간은 오후 2시였고, 우린 한 번도 토요일 오전에 일어난 적이 없었다. 그렇기에 우리가 제주도에 머물렀던 시절 동안 함께 한라산에 오른 일은 전혀 없었다. 에어컨이 없는 원룸은 한낮의 텐트처럼 더웠기 때문에 잠에서 깨면 '그쪽 창문 좀 열라'며 첫 대화를 나누었다. 더워진 날씨 덕분에 기상 시간도 조금씩 빨라지긴 했다.

그러던 어느 주말. 친구는 엄마가 보고 싶다며 훌쩍 육지로 올라갔고, 나는 밤을 꼴딱 새운 후 아침이 밝아올 무렵 제주 시외버스터미널로 향했다. 집에서 별로 멀지 않은 거리라 의지만 있다면 평소에도 충분히 올 수 있었을 텐데, 결국 친구가 없어 할일이 없는 주말, 햇살에 등 떠밀려 첫발을 내디딘 것이다.

우선 아주 큰 지도를 샀다. 어디로 갈지를 정해야 했다. 너무 커서 펼치기가 민망할 정도의 지도였다. 그렇게 오래 섬에 머물렀어도 내가 지금 어디에 있는 건지, 가고 싶은 곳이 있긴 한 건지 잘 모르겠어서, 한번 확인을 해보자는 객기가 있었다. 출발할 때는 또렷했지만 시간이 흐를수록 흐려지는 방향 감각. 어렴풋한 첫 마음. 분명 내가 디딘 발자국인데, 내가 썼던 일기인데 언젠가부터 읽지도 못하고 덮어버리고 만다. 다 펼칠 수도 없는 커다란 지도를 들고 있는 내 모습도 비슷하게 초라하고 우스꽝스러웠다. 이렇게 밤을 새운 몸 상태로 한라산에 올랐다간 조난을 당할 것 같아 친구들과의 대화중에 들어본 적 있는 모슬포를 목적지로 골랐다.

처음으로 올라탄 시외버스였고 버스 맨 앞좌석에 앉아 출발과 동시에 잠들었다. 한 시간쯤 달렸을까. 눈을 떴을 땐 놀라운 풍경이 기다리고 있었다. 꼬불꼬불한 내리막 도로 사이로 가득 피어 있던 유채꽃들은 '만개'라는 표현으론 부족했다. 섬 전체에 폭신한 노란색 쿠션을 깔아놓은 것 같았다. 그 너머로는 바다, 바다 위 독특한 모양으로 솟아 있는 커다란 산. 집에서 사십 분만 달려도 이런 풍경이 있는데… 이 아름다운 섬에서 주말마다 늦잠을 잤다니, 억울해졌다.

꽤 멀리까지 왔는지 한라산의 모양이 달라져 있었다. 제주시의 젊은이들이 매일 술을 마시는 제주시청에서 보았던 한라산이 앞모습이었다면 모슬포에서 만난 건 처음으로 마주한 한라산의 옆모습이었다. 이어폰에서는 내내 류이치 사카모토의 앨범 [CASA]가 흐르고 있었다. 그래서 더 몽롱했다. 완연한 봄기운, 피아노와 첼로의 선율, 처음 와본 동네의 풍경. 모든 것이 흠뻑 취할 만했다. 모슬포에서 산책을 조금 하다가 아까 내렸던 터미널로 다시 돌아와 서귀포로 가는 버스를 탔다. 그런데 무슨 배짱이었는지 창밖을 보다가 이런 길은 좀 걸어보고 싶다는 생각이 들어서 즉흥적으로 그 길 위에 내렸다.

그것은 너무나도 경솔한 판단이었다. 버스는 한 시간에 한 대뿐인데 마을은 보이지도 않는 까마득한 4차선 도로 위에 내린 것이다. 태양은 뜨겁고 아스팔트 위에는 그늘도 없었기 때문에 땀이 흘렀다. CD플레이어와 지도, 물통이 전부인 별로 든 것도 없는 배낭도 걷다보니 슬슬 무거웠다. 지도를 펼쳐보았다. 너무 펄럭거려서 다 펴지는 못하고 제주의 남서부 쪽만 접어서 폈다. 지금 내가 있는 이곳이 어디인지는 확인되지 않았다. 멀리 보이는 산방산을 기준으로 위치를 대강 짐작하고는 서귀포까지, 다음 버스정류장까지 얼마나 남았을지 가늠해보았다.

늦은 오후가 다 되어 겨우 서귀포 시내에 도착했다. 허름한 여관방에 짐을 풀고 그대로 쓰러졌다. 오래된 건물의 2층이었다. 나무 냄새와 페인트 냄새가 희미하게 나는 작은 방. 침대 시트는 깨끗했기에 다른 것들은 확인할 새도 없이 샤워하고 침대에 눕자마자 잠들었다. 이렇게 깊은 잠에 빠지고 싶어서 여행을 떠나왔는지도 모른다.

여행 내내 [CASA]를 들어서였을까. 꿈속에서 류이치 사카모토를 만났다. 해변에 놓인 그랜드피아노로 느릿한 테마를 연주하고 있었다. 발을 간질이는 파도를 느끼며 나도 함께 기타를 쳤다. 꿈속이라 평소 내 실력보다 훨씬 높은 수준으로 여유롭게 연주했다. 아마 '꿈인데 뭐 어때'라는 생각을 했던 것 같다. 움츠러들지 않는 플레이로 대가와의 협연을 기분좋게 즐겼다. 이따금 서로를 마주보면서.

제주 생활 2년 차였지만 서귀포의 아침은 처음이었다. 아무것도 하지 않고 잠만 푹 잔 그 방을 빠져나와 이중섭 생가로 걸어갔다. 따뜻한 국수를 한 그릇 먹고 들어간 미술관에는 〈서귀포의 환상〉이라는 그림이 있었다. 나는 유독 그 그림과 편지들 앞에 오래 서 있었다.

내게 남은 건
까맣게 녹슨 동전과 커다란 낡은 배낭과
조그만 헤드폰과 배낭 속에 구겨진
섬을 그려놓은 지도

3부

# 네 몸집처럼 작아져버린 나를

나무에서 울어대던 매미

그 여름의 냄새

시간이 멈춘 것만 같던 오후 한때 고요한 동네 거리

엄마들의 손마다 들려 있던 장바구니들

## 언덕

초등학교 시절, 방학이면 언제나 포항 구룡포 외갓집에서 지냈다. 내가 탄 버스가 도착하기 몇 시간 전부터 할아버지는 터미널에 마중을 나와 계셨다. 버스에서 내려 진한 포옹을 나눈 뒤 시트가 뜨겁게 달궈진 할아버지의 포니에 올라타면 사십 분 정도 더 달려 강사리에 도착했다.

마을로 향하는 동안 펼쳐지는 창밖 풍경은 항상 아름다웠다. 태양빛을 반사하며 빛나던 바다, 구불구불한 오르막길 위 바다를 등진 채 서 있던 주유소, 어쩌다 심야버스로 내려온 날이면 구룡포항의 화려한 불빛과 작은 등대가 비추는 바다의 은은한 빛과 함께 도로를 달렸다. 창문을 열면 스며드는 바다 냄새는 어린 내 가슴을 언제나 설레게 했다.

아침 일찍 집에서 가까운 언덕에 오르면 수평선 너머로 해가 떠오르는 풍경을 볼 수 있었다. 사람들이 새해가 될 때마다 일출을 보기 위해 옆 동네인 호미곶을 찾는다는 사실은 어른이 되고 나서야 알았다. 그렇게 귀한 풍경인 줄도 모르고 할아버지와 엄마에게 등 떠밀려 일출을 볼 때마다 나는 그저 졸린 눈을 비비고 있었다. 여름에는 해가 일찍 뜨고 겨울에는 늦게 뜬다는 사실도 그때 알았다. 나는 오히려 늦은 저녁 즈음 그 자리를 다시 찾곤 했는데, 그 언덕에서 바다를 등지고 뒤로 돌아섰을 때 마을 뒷산 너머로 해가 지는 풍경을 좋아했다. 어린 마음에 그 자리를 일출과 일몰 모두 볼 수 있는 국내 유일한 명소로 여겼다. 아침해가 뜨는 풍경은 놓친 적이 많았지만, 느지막이 해지는 풍경을 보는 날은 꽤 많았다.

동네 앞 바닷가는 아이들의 놀이터였다. 여름방학이면 작은 바위에 올라 "코카콜라!"를 외치면서 너 나 할 것 없이 다이빙을 했다. 왜 그렇게 외쳤는지는 그때도 지금도 모른다. 아이들의 해수욕장이던 그 바다에서 방학 때마다 만났던 친구들의 피부는 여자든 남자든 아주 까무잡잡했고 무척이나 매끈했다. 내 피부색이 그 애들과 비슷해지는 것도 며칠 걸리지 않았다.

배를 타고 바다낚시를 갔던 날, 그렇게 깊은 바다까지 나가본 건 처음이었다. 바다 색깔이 푸르다 못해 검다는 것을 확인한 순간, 두려워서 손의 힘이 풀렸었는지 물안경을 떨어뜨리고 말았다. 집으로 돌아와서야 칭얼대기 시작한 나로 인해 그 사실을 알게 된 작은할아버지(할아버지의 조카)가 맨몸으로 바다에 들어가 찾아오겠다며 벌떡 일어났고, 모두들 작은할아버지를 말리느라 한바탕 소란스러웠다. 지금 생각해보니 나를 체념시키기 위한 가족들의 짧은 연극이었는지도 모르겠다.

겨울의 강사리는 여름보다 조용했다. 동네 골목에서 테니스공으로, 공이 없으면 그만한 크기로 은박지를 뭉쳐서 축구를 하곤 했는데 골목이 좀 기울어져 있었기 때문에 아래쪽 팀은 언제나 공수 방향을 빨리 바꾸자고 항의했다. 골대는 언제나 어느 집의 대문이었다.

바다로 이어지는 작은 개울에 얼음이 얼었던 날. 그 위에서 놀다가 다리가 푹 빠진 적도 있다. 영화에서처럼 얼음 아래로 온몸이 잠겨버릴까 순간적으로 공포를 느꼈지만, 그

개울은 꼬마의 허벅지조차 다 잠기지 않을 정도로 얕았다. 그날 저녁에 집으로 돌아가서 젖은 다리를 보여주며 큰일날 뻔했다고 부풀려 말했지만 개울의 깊이를 아는 어른들은 그다지 놀라지 않았다.

외숙모(작은할머니)는 해녀였다. 작은할아버지의 배를 타고 먼 바다까지 따라나갔던 어느 아침, 태양빛을 받아 반짝거리던 바닷속에서 빼꼼 올라와 손을 흔들던 외숙모의 모습은 잠이 덜 깬 상태로 배에 있다가도 정신이 번쩍 들 정도로 진귀한 풍경이었다. 외숙모는 가끔 귀한 걸 가져왔다며 전복이나 굴을 바지 주머니에서 꺼내 보이셨다. 그것을 할머니에게 비밀리에 전달하던 장면을 몇 번 목격한 적이 있기 때문에 내가 먹진 않아도 귀한 음식인 줄은 알았다. 외숙모의 경상도 억양은 유독 강해서 내가 못 알아들을 때가 많았지만 헤어질 때면 언제나 따뜻하고 거친 촉감의 손으로 나에게 용돈을 쥐어주셨다. 내가 어른이 된 후 다시 마주한 날에도 숙모는 나에게 용돈을 쥐어주셨고 그날도 온화한 그 표정은 똑같았다.

방학 때마다 그 동네에 머물곤 했던 어린 시절로부터

훌쩍 시간이 흘러 약 9년 후, 아주 오랜만에 그 바다를 다시 찾은 적이 있다. 수능을 치른 겨울이었다. 한껏 부푼 마음으로 달려갔던 바닷가. 함께 놀던 아이들이 어떻게 변했을까, 그 친구들도 수능을 봤을까, 교복을 입고 있을까, 우리가 서로의 이름을 기억할까, 아니 마주친다면 알아볼 수는 있을까. 여러 가지 상상을 하며 동네에 도착했지만 아이들을 만날 수는 없었다. 추억이 묻어 있는 이 골목 저 골목을 돌아다녀 봐도 내 또래의 아이들은 물론 그 시절의 우리들만한 꼬마조차 없었다.

우리의 놀이터였던 마을 앞바다는 사촌형이 중학교에 입학하던 해부터 방파제로 막혀 더이상 수영을 할 수 없는 바다가 되어 있었다. 할아버지와 연을 날렸던, 수평선 너머 태양이 떠오르던 그 언덕만큼은 그대로였지만 그 시절의 내 친구들은 한 명도 만날 수가 없었다. 동네를 돌고 또 돌아봐도 할아버지, 할머니, 강아지들뿐이었다. 그동안 어떻게 지냈는지, 여름이면 이제 어떤 바닷가에서 수영하는지 묻고 싶어도 물어볼 수가 없었다. 아이스크림을 사러 구판장을 괜히 여러 번 들락날락하는 동안에도 동네는 고요하기만 했다.

서울에 있는 친구와 전화로 이야기를 나누다가 끊고 나면 내 목소리만이 언덕 위에 쓸쓸하게 남아 있었다. 그 겨울 내내, 이어폰을 낀 채 추위를 견딜 수 없을 때까지 나는 혼자 그 언덕에 머물러 있었다.

바람이 차갑게 불던 오후 난 그 언덕에 올라
파도가 부서지는 바다를 혼자 바라보았네
그 길을 내달리던 아이들 모두 어디 갔는지

♭ 처음에는 상호명인 줄 알았다. 동네의 유일한 작은 구멍가게 이름이 참 특이하다 싶었는데, 알고 보니 주민들을 위한 공동 구매 및 판매 공간이었고 시골 마을마다 이런 공간이 제법 있었다.

## 유년에게

방문 레슨으로 초등학교 3학년 남자아이에게 기타를 가르쳤던 적이 있다. 그 집에는 다섯 살 남동생도 있었다. 처음 레슨하러 갔던 날, 두 형제는 내복만 입고 뛰어다녔다. 기타를 처음 만져보는 형과 그게 부러워 자꾸 기웃거리는 동생. 수업중인 방으로 어머님이 간식을 가져다 주실 때마다 꼬마는 방으로 몰래 들어오려다 붙잡혀 나가길 반복했다.

처음 만났지만 이미 친해질 대로 친해진 쉬는 시간, 둘째가 나에게 달려와 털썩 안겼다. 자기도 기타를 배우고 싶은데 손이 작아서 아직 안 된다는 엄마의 말이 섭섭했을 수도 있고, 형이랑 한참 수업했으니 지금은 나랑 놀아야 한다는 의미였을 수도 있다. 어쨌든 예상하지 못한 스킨십을 통해 내복 한 장 너머 물컹거리는 작은 몸을 느꼈다. 엉덩이와 팔의 감촉, 엄마가 꺼내준 간식을 돌아다니면서 먹느라 몸에 배어버린 과자 냄새. 누구에게든 달려가 안길 수 있는 아무 경계 없는 그 마음.

처음 보는 작은 몸집의 꼬마가 그토록 가벼운 옷차림으로 나를 안아주는 바람에, 나는 오래전 내 모습이 떠올랐다. 잊고 지낸 기억들이 아득히 먼 곳에서 깜빡하고 켜지는 순간이었다.

널 안아보았을 때 난 느낄 수 있었지
네 몸집처럼 작아져버린 나를

## 기호 3번

차범근 축구교실 활동으로 열성적이었던 1992년. TV에서 방영되는 청춘 드라마를 놓치지 않고 보는 것이 삶의 낙이었던 한 초등학생은 오후만 되면 온수동, 개봉동, 고척동 일대를 누비고 다녔다. 버스도 종종 혼자 탔는데 운좋게 창가 좌석에 앉을 때면 오류동의 커다란 대로변 일대를 넋 놓고 구경하곤 했다. 그 작은 동네가 아주 커다란 세계로 느껴졌던 그해. 동네에 한동안 붙어 있던 벽보 속 '기호 3번'을 잊지 못한다.

"너희 아버지는 누구 찍으신다니?"

"우린 1번."

"우린 2번."

동네 꼬마들끼리 이 주제로 대화하는 동안, 언제나 단호했던 나의 대답은 늘 '기호 3번'이었다. 내가 아버지께 물었을 때 돌아오던 아버지의 확신어린 대답과 눈빛, 그뒤로 이어지던 잘 알아들을 수 없는 설명들. 집에서 접한 정보만으로 나는 당연히 3번이 대통령이 되는 것이라 단정짓고 있었다. 1번 혹은 2번을 얘기하던 친구들의 이야기에 피식 웃음 지으며 여유로운 승자의 마음마저 가졌던 것 같다.

하지만 결과는 대반전. 떠들썩한 뉴스와 개표방송을 보면서 그것이 전혀 반전이 아니라는 사실이 한번 더 충격으로 다가왔다. 어린 나이에 '세상이 무너지는 느낌'을 처음 느낀 순간이었다.

며칠 후, 큰아버지와 작은삼촌을 만난 자리에서 "난 이번에 3번이 뭔가 할 줄 알았어"라며 멋쩍어하던 아버지와 "야, 어떻게 3번이 되냐"라며 웃던 큰아버지의 표정과 말투를 잊을 수 없다. 그 충격이 시작이었을까. 작은 꼬마의 천진난만했던 세계에도 조금씩 균열이 일어나고 있었다.

## 유년에게 zero

유치원을 졸업하고 처음으로 학교에 갔던 날 아침. 줄을 맞춰 서서 모르는 여자아이와 손을 잡고 온수국민학교 운동장을 걸었다. 구령대에서는 확성기 소리가 들려왔고 나와 그 여자아이는 어색했지만 손은 잘 잡고 있었다. 그 아이의 엄마와 우리 엄마는 분명 처음 보는 사이 같았는데 깔깔 웃으며 함께 우리의 사진을 찍고 있었다.

입학 후에는 혼자 걸어서 등교했는데 걷다가 넘어지는 날이 많았다. 짝꿍이 된 그 여자아이는 심하게 까진 내 무릎을 보더니 1교시 내내 자기 허벅지 위에 내 다리를 올려두었다. 책상 밑으로 선생님 몰래 이루어진 일이었다. 그게 무슨 조치인지는 모르겠지만 아파하는 나를 위한 것임은 분명

했고 어쩐지 다리도 덜 아픈 것 같았다.

그 무렵 내 몸집은 너무 작았기 때문에 아무리 조심해도 넘어지는 일은 자주 있었다. 어느 하굣길엔가 나는 또 넘어졌는데, 누군가 나를 놀렸던 일, 먼길을 걸어 집에 도착했는데 문이 잠겨 있는 상황 등이 겹쳐 분노가 폭발하고 말았다. 오갈 데 없어진 꼬마는 집 옆 가로수를 신발주머니로 사정없이 내리쳤다. 지금도 기억이 선명한 걸 보면 제법 손에 꼽을 만한 감정 폭발의 순간이었을 것이다. 정말이지 부모가 없는 상태에서 길가에 쏟아낸 장렬한 생떼였다. 지나다니는 사람이 적긴 했지만 드문드문 있던 빌라 단지 내 가로수였는데 작은 꼬마의 몸짓이 그리 위협적이지 않았는지 누구 하나 제재하는 사람이 없었다. 어쩌면 그냥 나무랑 놀고 있는 걸로 보였을지도 모른다. 살면서 처음 겪어보는 감정 때문에 어찌할 바를 몰라 울고 있었지만 그 몸부림에 반응하는 사람은 없었다.

가끔, 아니 사실은 꽤 자주 그 동네의 풍경이 떠오른다. 그 나무 앞에 다시 가보고 싶다. 자꾸 넘어져 무릎이 까지던 그 길도. 잠겨 있던 우리집 현관문 앞에도.

이 유년기가 부디 무사히 흘러가길 바랐던 어느 날, 부모님의 이혼 소식을 통보받았다. 형을 만나고 돌아오는 택시 안에서 엄마로부터. 그 일만은 일어나지 않기를 무의식 속에서 간절히 바랐는지도 모르겠다. 몇 가지 장면이 선명하게 남아 있다. 택시 안이었고, 내가 소리를 지르며 울었고, 엄마는 처음에는 나를 달래다가 결국 짜증을 냈다. 안 그래도 인생이 원하는 대로 흘러가지 않는데 나까지 떼를 쓰니 얼마나 답답했을까. 마음껏 울면 위로받을 줄 알았던 나는 겸연쩍어져서 울음을 그쳤다. 그리고 창문을 열면서 '지금까지의 대화를 다 들은 택시 아저씨는 이 드라이브가 얼마나 불편할까' 하고 생각했다.

아픈 기억은 고장난 외장하드 같아서 그 부분을 지나갈 때마다 뭔가에 걸려 덜컥거린다. 그리고 다음 데이터로 잘 넘어가지를 않는다. 상처 난 부분만 지워지지도 흐려지지도 않은 채 남아 있다. 앞으로 우리 가족은 어떻게 되는 걸까. 덤덤하고 어두운 표정의 어른들. 캄캄한 기분이 들었던 시간. 형과 함께 숨죽여 듣던 안방의 소리. 형의 귀를 지그시 막아주었던 밤.

'우리나라는 이혼율이 꽤 높다고, 옛날 왕들은 낳아준 어머니와 길러준 어머니가 언제나 달랐다'고, 아버지가 나를 앉혀놓고 같은 얘기를 반복할 때마다 가만히 있긴 했지만 정말이지 듣기가 싫었다. 그러나 내 의지와 상관없이 반복되던 그 세뇌 교육은 효과가 있었는지, 나는 주어진 유년기와 청소년기를 받아들이기 시작했다. 슬슬 철이 들 나이였다. 껄끄러운 상황이 생기지 않도록 하자, 상황을 악화시키지 말자고 생각하고 있었다. 하지만 내가 어느 정도 다 커버린 요즘, 적나라한 부작용을 느낀다. 드라마에서 뻔한 가족 에피소드를 우연히 접할 때마다 너덜너덜해진 마음이 강한 자극을 받는다. 누가 보면 유치해서 채널을 돌릴 만한 장면인데도 혼자 눈물을 흘린다. 그 예상치 못했던 눈물을 닦으며, 이제 울타리를 넘어 돌아오지 못할 곳으로 가버린 어린 시절의 마음을 기린다.

부모님의 이혼 후, 약 2년 정도 엄마와 외삼촌과 셋이서 지냈다. 그리고 가끔 아빠를 만났다. 그날도 그런 날들 중 하루였을 것이다. 아빠를 만나 큰집에 갔었다. 큰집 식구들은 모두 외출했는지 집이 비어 있었다. 가끔 친척 모임 때마다 오던 곳이어서 익숙하긴 했지만 '빈집인데 여길 왜 오냐'고 물었다. 아빠로부터 뚜렷한 대답이 돌아오지는 않았다.

그러다 목욕을 하자는 말에 옷을 벗고 언제나처럼 함께 탕에 들어갔다. 아빠는 목욕할 때면 늘 〈들장미〉라는 가곡을 불러주었다. 괴테의 시에 베르너가 멜로디를 붙인 곡이다.

웬 아이가 보았네
들에 핀 장미꽃
갓 피어난 어여쁜
그 장미에 탐나서

정신없이 보네

장미화야 장미화

들에 핀 장미화

욕실에 울려퍼지는 멜로디는 아름다웠다. 그렇게 한참 즐거운 목욕을 하던 중, 내가 욕조 안에서 방귀를 끼고 거품이 올라오는 걸 보면서 깔깔거렸다. 그런데 아빠의 표정이 갑자기 굳어졌다. 다른 사람과 함께 목욕할 때 이런 행동을 해서는 안 된다는 훈육이 시작되었다. 아니 이게 그렇게 정색할 일인가. 목욕 잘 하다가 갑자기 혼이 나면서 어린 나는 생각했다. 일장 연설을 들으면서도 전혀 납득할 수가 없었다. 내가 느꼈던 감정이 무엇이었는지 그때는 알지 못했지만, 나중에 생각해보니 그건 분노였다. 그 방귀 거품은 사실 내가 분위기를 더 좋게 해보려고 쏘아올린 작은 노력이었다는 점에서 더 그랬다.

목욕을 마치고 빼꼼히 열린 방문 사이로 아버지의 물건들이 보였다. 그게 아버지의 것인지 아닌지는 사실 알 수 없었지만 그냥 느껴졌다. 훗날 사촌동생을 통해 "삼촌 그때 우리집에서 살았었잖아"라는 말을 듣고 나의 직감이 틀리지 않았음을 확인했다.

아빠를 만날 때면 맛있는 것도 먹고 영화관에도 함께 갔다. 욕조에서 방귀 끼다 기분이 상한 그날이었는지 다른 날이었는지 확실치는 않지만 여의도 어느 극장에서 스크루지가 나오는 영화를 본 적도 있다. 저녁이 되면 아빠는 나를 다시 집에 바래다주었는데 집에는 언제나 엄마가 없었다. 대신 함께 살던 외삼촌이 나를 받아주었다. 짧은 대화를 나누던 두 남자의 어색한 공기는 지금도 잊을 수 없다.

일산으로 넘어와 살게 된 건 4학년 겨울방학 때였다. 새엄마를 처음 마주하고 어정쩡하게 안겼을 때, 이제 이 품속에서 보낼 세월이 더 많을 것을 직감할 수 있었다. 초반의 낯선 시간 동안에는 가족 여행과 친척 모임이 잦았다. 다시 돌아온 내가 어떻게 적응하는지 지켜보는 시선이 숨김없이 느껴졌다. 그럴수록 나는 너스레를 떨었다. 욕조에서 방귀를 쏘아올리는 것과 비슷한 맥락이었다. 그러다 너무 까불면 혼났고, 비슷한 분노를 느꼈고, 울어젖히고 삭히기를 반복하며 자랐다. 방 안에서 혼자 라디오를 자주 들었다. 열한 살의 겨울이 지나고 있었다.

시간은 빨랐다. 사춘기도 금방 찾아왔다. 내 쪽에서는 이런저런 불만이, 부모님 쪽에서는 저걸 어쩌나 하는 걱정이 쌓여가는 날들이었다. 중학교를 졸업할 무렵 가족회의를 통해 기숙사 고등학교행이 결정되었다. 교복이 멋져 보였던 광명시의 기숙학교로 가겠다고 내가 먼저 이야기를 꺼낸 결과였다. 일주일에 한 번 보는 사이가 되면 이 갈등도 좀 낫지 않을까 하는 생각을 내심 했다. 그 결정을 존중한다며 아버지와 마주앉은 자리에서 '옛날 왕들' 얘기를 또 들었다.

받아들이기 힘든 훈육의 레퍼토리는 대략 이런 것들이었다. 선진국에서는 개인 접시에 덜어 먹는다, 후진국으로 갈수록 위생 관념이 떨어진다, 일찍 자고 일찍 일어나야 한다, 못사는 사람들이 대부분 늦게 일어나고 게으르다, 부자가 뚱뚱할 것 같지만 사실 가난한 사람들이 뚱뚱하다, 늦은 시간에 허름한 동네를 돌아다니면 위험하다, ROTC 장교 시절 전두환 장군과 악수를 한 적이 있다(그냥 그런 적이 있다고), 개성 사람들은 예전부터 부지런한 상인으로 유명한데 '말을 물가에 데리고 갈 순 있지만 억지로 물을 먹일 수는 없다'더라, 정주영 회장은 "이봐, 해봤어?"라는 말을 자주했다, … 지금도 나열할 수 있을 정도로 그 내용은 일관적이었다.

주말을 일산에서 지내다 다시 고등학교 기숙사로 향하는 월요일 새벽이면 아버지의 차를 타고 함께 서울로 나갔다. 너무 이른 새벽이라 여름에도 겨울에도 아주 어두웠다. 아무도 없는 대방역 플랫폼에서 광명으로 가는 첫차를 늘 혼자 기다렸다.

고등학교를 졸업하며 제주도로 떠났고 본격적으로 혼자가 되었다. 대학을 다니다 스스로 휴학 결정을 내리기를 반복했는데, 두 번의 휴학 모두 부모님과 상의 없이 이루어졌기 때문에 두번째 휴학 때는 큰 충돌이 있었다. 그렇게 저질러버린 후 서울에서의 자취('독립'이라고 말할 수 없는)가 시작됐다. 첫번째 휴학 땐 신풍역 어느 작은 지하 작업실로 컴퓨터와 기타 등의 짐을 아버지 차로 옮겼고, 두번째 휴학 때 역시 내가 감당할 수 있을 리 만무한 오피스텔 보증금이 결국 아버지의 주머니에서 나왔다.

고등학교 졸업 후 드문드문 다시 만나던 엄마는 그 무렵 내게 신용카드를 주었다. 처음에는 그 카드를 잘 쓰지 않았지만 시간이 흐르면서 별생각 없이 쓰게 되었다. 월세는 내가 버는 돈으로 냈지만, 시간이 흐르면서 전반적인 생활비는 엄마의 카드로 충당했기 때문에 내 돈으로 월세를 내는 것이 그렇게까지 어려운 일은 아니었다.

입대 전까지 2년 가까운 시간을 합정동에서 보냈다. 뭐라도 해야 한다는 조바심으로 음악을 만들고 또 만들었다. 작업한 걸 들으며 한강을 산책하는 순간이 가장 자유로웠는데, 어차피 밤에 안 자면서 놀면 뭐하나 싶어 신문배달을 시작했다. 일을 몇 번 하지도 않고 꽤 예쁨받아서 출퇴근할 때도 타고 다니라고 스쿠터가 주어졌다. 배달할 때 타던 그 스쿠터였다. 스쿠터를 타고 망원동과 상수동 일대를 누비곤 했다. 하루는 답답한 마음이 뻥 뚫릴 때까지 계속 달리고 싶어서 한강변을 따라 그대로 임진각까지 가볼 기세로 출발했지만 중간에 포기하고 되돌아오느라 한참 걸린 날도 있었다.

그 오피스텔에서 작업을 하며 가끔 고등학교 때 쓴 지저분한 일기장을 열어보았다. 읽기에 성공한 적은 별로 없었다. 아픈 마음이 화들짝 올라와 금세 닫아버릴 뿐이었다. 새로운 곡을 만들어야 2집도 나오는데 속은 시끄럽기만 했다. 집에 자주 찾아오는 상봉이의 곡이 아름다워서 그 곡을 익히고 부르고, 드럼과 베이스를 프로그래밍하며 밤을 샜다. 참외를 깎아 넣어주는 상봉이네 어머니가 없으니 밤새 속이 쓰렸다.

새로운 세계는 결코 아름다운 곳이 아니었지만 나는 딱히 갈 곳이 없었다. 동경해서 와 있는 건지 그저 지나가는 길인지 모르는 채 그냥 그곳에 청춘을 던졌다.

입을 맞추고
따가운 볼을 부비던
어린 시절의 기억들도

## 까치발을 든 하얀 운동화와 음료수

그 아이가 살았던 7단지에서는 늘 좋은 향기가 났다. 누구나 살고 싶어하는 그런 아파트에 살면서 깔끔하고 귀여운 옷차림으로 매번 학교에 나타나던 그 애의 모습은 꿈결처럼, 봄 햇살처럼 남아 있다. 막 6학년이 된 남자애들은 쉬는 시간 복도에 서서 자기가 그 애에게 고백을 해보네 마네, 몇 반의 누구도 그 애를 좋아하네 어쩌네 얘기하며 수군거렸다. 그 애와 같은 반이 된 게 처음이었던 나는 '쟤가 그 정도야?'라며 관심 없는 척했지만 어느샌가 내 귀는 소문에 가장 민첩하게 반응하고 있었다.

5학년 때 나와 같은 반이었던 친한 여자애가 하나 있었는데 이 친구도 6학년 때 같은 반이 되었다. 그리고 얼마

지나지 않아 이 친구와 그 여자애가 둘도 없는 친구가 되어 붙어다니기 시작했다. 왠지 느낌이 좋은, 돌아보면 인생을 통틀어 최대 전성기였던 나의 6학년 1학기가 시작되고 있었다.

운동장에서 내가 축구하는 모습을 두 여자애가 벤치에 앉아 지켜보는 날들이 많이 있었다. 쉬는 시간에는 셋이서 장난도 쳤다. 그런 장면들 중 때때로 내 숨을 멎게 만드는 순간들이 있는데, 둘이 내 앞에서 귓속말로 속닥거리다가 나와 친했던 여자애가 "야! 박경환 얘가 너보고…!"라고 외치면 그 애가 친구의 입을 막는 그런 상황들이었다. 생각해보면 욕이었을 수도, 좋은 얘기가 아니었을 수도 있는데 나는 두근거렸다. 그럴 만도 했던 것이, 그 애는 나에게 직접 말을 거는 경우가 거의 없었다. 전반적으로 조용했으며 내 앞에선 수줍어했다. 그러니 착각일지도 모르는 나의 상상은 긍정적인 방향으로 커져갈 수밖에 없었다.

그러던 어느 날 결정적인 사건이 발생한다. 처음으로 떠나는 수학여행, 경주로 가는 버스 맨 뒷자리 가운데에 내가 앉아 있었고 그보다 몇 칸 앞자리에 두 여자애가 앉아 있었다. 부모님이 아닌 친구들과 멀리 2박 3일을 떠나는 것 자체가 처음인 6학년들은 흥분 상태였다.

그 애도 그랬던 걸까. 안 하던 짓을 했다. 버스가 한 20분 정도 휴게소에 서 있는 동안 음료수 하나를 사 들고 사뿐사뿐 남자애들이 몰려 있는 뒷좌석까지 걸어오더니 "이거 마실 사람?" 하는 게 아닌가.

순간 난리가 났다. "나! 나! 나나나나!!" 모두가 달려들어 손을 내밀었지만 그 애는 분명 나를 바라보고 있었다. 어안이 벙벙해져서 조금 뒤 늦게 허공에 뻗은 내 손 안으로 음료수가 와닿았다. 허우적대는 손들을 피해 나에게 음료수를 전달하려고 그 애는 까치발을 서고 있었다. 모두 아쉬움의 탄성을 질렀고 그 애는 웃으면서 자리로 돌아갔다. 나는 놀란 가슴과 기쁨을 숨기느라 한동안 조용히 있었다.

그 장면이 너무 강렬했기 때문일까. 6학년 1학기 수학여행의 다른 모든 순간들은 그저 조연처럼 남아 있다. 심지어 장기자랑 때 분명히 앞에 나가서 룰라의 〈날개 잃은 천사〉를 추었던 것 같은데 그것마저도 기억에 없다. 하지만 괜찮다. 까치발을 한 그 애의 뒤꿈치와 하얀 운동화만은 기억 속에 선명히 남아 있으니. 언제나 기분좋은 꿈처럼.

# 토끼가 그려진 티셔츠와 수박화채

초등학교 5학년에서 그다음해 6학년 1학기까지 나는 축구부였다. 훗날 내가 축구선수가 되는 것이 기정사실처럼 여겨지는 날들이었다. '동네 어느 중학교에 축구부가 있는데, 저 6학년 형이 이번에 거길 간다더라.' 그럼 나도 일단 저 학교에 진학을 하고, 중학생 전국대회에 나가서 주목을 받고, 그다음 (이동국이 있는) 포철공고에 진학하면 그다음은 국가대표 선발전이다. '지금 내 실력이면 충분히 가능하다'며 친구들과 객관적으로 전망하고 있었다.

그렇게 진지하던 5학년들의 마음을 엄마는 알 턱이 없으니 아침에는 축구를 하지 말라고 신신당부했다. 그 당시 축구부는 아침 운동으로 1교시 수업에 조금 늦는 것이 암묵적으로 허용되는 분위기였는데, 엄마가 보기엔 그렇게 땀을 뻘뻘 흘리고 무슨 공부를 하겠냐는 거다. 우리집은 아파트 14층이었고 부엌 창가에선 운동장의 아이들이 보였다.

"여기서 설거지하고 있으면 다 보여. 1교시 전에는 축구하지 마. 약속이야."

나는 어쩔 수 없이 약속하고 집을 나섰지만 그 아침에도 축구가 너무 하고 싶었다. 우리집에서 정말 운동장이 보일까? 혹시 내 옷 때문에 엄마가 나를 알아보는 건 아닐까? 여기까지 생각을 마치고 내가 입은 옷을 보니 아주 커다란 토끼가 그려져 있었다. '이거였네!' 순간 깨달았다. 아차 싶었다. 이럴 줄 알고 엄마가 치밀하게 이 옷을 입힌 걸까… 짧은 시간 동안 여러 추리를 해보았지만 그런 건 아무래도 좋았다. 당장 축구를 할 방법이 떠오른 것이다.

학교에 도착해 농구를 좋아하는, 그렇다고 아침부터 농구를 하지는 않던 착한 친구에게 옷을 바꿔 입자고 제안했다. 친구는 의아해했지만 내가 자초지종을 설명하자 재미있어하면서 바꿔주었다.

"최대한 땀 안 흘리면서 하고 올게."

대단한 작전을 함께 수행하는 이들처럼 눈빛을 교환한 후 친구는 교실에 남고 나는 운동장으로 나갔다. 축구를 하는 동안 우리집 창가, 그리고 교실 안에서 토끼 티셔츠를 입은 채 나를 바라보고 있는 친구를 번갈아보며 땀을 억제하고자 최대한 살살 달렸다. 마음껏 뛰지는 못해도 부는 바람에 옷깃을 말려가며 뛰었던 그 아침 축구 한판은 오래 잊히지 않는다.

방과 후에는 본격적인 축구부 훈련이 있었다. 뙤약볕에서 완전히 지쳐 쓰러질 때까지 달리고 또 달렸기에 집에 돌아오면 배가 고팠고 목이 말랐다. 그때마다 엄마는 수박화채를 만들어놓고 나를 기다렸다. 손발을 씻고 등목을 하고 선풍기 바람을 맞으며 엄마와 마주앉아 수박화채를 먹는 동안, 내가 몇 골을 넣었는지 얼마나 멋진 어시스트를 했는지 재잘거렸고 엄마는 들어주었다.

토끼 티셔츠를 입은 꼬마가 없어서 엄마는 안심했을까. 아니면 친구랑 옷을 바꿔 입은 나를 알아채고는 '으이구' 했을까. 그건 알 수 없지만 아들이 아직 돌아오지 않은 빈집에서 홀로 수박화채를 만들던 엄마의 마음을 이제 조금은 짐작할 수 있다.

# 붉게 해가 지는 곳을 보며

——— 유년에게 edit

운동장에서 바라본 석양

해질녘의 바람

펄럭이는 태극기

교실에 남아 있는 선생님의 옆모습

집으로 돌아가는 아이들

엄마를 기다리며 혼자 공을 차던 나

문방구 냄새

흙냄새

아무렇게나 던진 신발주머니가 스탠드에 놓이는

소리

그물이 해져버린 농구 골대

애국조회 날이면 운동장에 늘어선 긴 줄을 보며

이런 생각을 했다

'아, 삶은 얼마나 막연한가'

텅 빈 운동장에 앉아

붉게 해가 지는 곳을 보며

나의 유년에게 인사하네

두고 온 마음을 사랑을

## 한 친구는 만화가가 된다고

—— 농구공

엽이는 나의 오랜 친구다. 우리가 처음 가까워진 건 중학교 3학년이 되던 해의 봄, 수업료가 싸고 허름한 보습학원에서였다. 중학교 1, 2학년 내내 복도에서, 운동장에서, 등하굣길에서 마주쳤기 때문에 서로의 얼굴은 당연히 알고 있었지만, 비로소 첫 대화를 나누었던 것은 그 학원의 작은 강의실 안에서였다.

작고 귀엽고 포동포동했던 엽이는 예상만큼 순했다. 지금 자신의 몸매가 이렇게 된 것은 초등학교 4학년 친구 생일잔치에 갔다가 맛있는 걸 너무 많이 먹고 위가 늘어났기 때문이라고 했다. 나는 웃겨서 자지러졌지만, 옆에 있던 그의 동갑내기 사촌 성엽이는 조금 슬픈 표정으로 "이거 진짜

야"라고 말했다.

우리 셋은 금세 친해졌고 학원 선생님들의 시선을 피해 틈틈이 재밌게 수다를 떨었다. 중학 시절 마지막 일 년을 이렇게 두 '엽이'와 보냈다. 지금 돌아보아도 가장 추억이 많은 한 해다.

나에게는 선명하지 않은 기억이지만, 학원을 마치고 집으로 돌아가던 늦은 밤이면 아무도 없는 아파트 골목을 걸으며 두 친구가 나에게 노래를 신청했다고 한다. 스무 살이 넘어 성엽이에게 들은 얘기다. 듣고 보니 그런 일이 있었던 것 같기도…. 하지만 내가 정말 노래를 불러주었는지, 무슨 노래를 불렀는지는 기억에서 사라졌다. 두 엽이의 증언에 따르면 요청하는 족족 빼지도 않고 이것저것 곧잘 불러주었다고 한다. 주요 레퍼토리는 패닉의 〈달팽이〉와 넥스트의 〈먼 훗날 언젠가〉였다고.

나중에 알게 된 사실이지만 엽이는 내 필통을 보고 나에게 말을 걸기로 결심했다고 했다. 내 필통은 당시 한창 유행하던 수제 스타일이었는데, 하드보드지 위에 연예인 사진을 붙이고 아스테이지로 마감 처리한 조잡한 사각형 필통이었다. 그런 필통을 만드는 게 중학교를 휩쓸던 시절이었다.

내 필통 사진의 주인공은 영턱스클럽의 임성은이었다.

〈달팽이〉가 흘러나오는

때는 천구백구십오 년

83번 버스 안에서

우린 꿈을 얘기했지

## 미운 열두 살

중학교에 입학하던 해, 동생이 태어났다. 내가 중3이 되고 동생이 두 돌이 되던 해, 동생의 귀여운 사진은 우리 반을 넘어 옆 반에서도 돌려볼 정도로 학교 전체를 강타했다. 다이어리를 꾸미는 게 대유행이던 그 시절, 일부러 보라고 자랑스레 붙여둔 내 다이어리 속 동생의 사진이 아이들 사이에서 엄청나게 화제를 모았던 것이다. 그렇게 다이어리를 돌리고 나면 안에 편지가 몇 장씩 꽂혀 있었다. 서로의 다이어리에 편지를 써주는 롤링페이퍼 문화였다. 내 다이어리에는 온통 동생 얘기와 축구 얘기로 가득했다. (가끔 음악 얘기도 있었다.)

기저귀도 갈아주고, 보행기도 태우고, 그야말로 업어 키우면서 나는 내 동생을 굉장히 귀여워했지만 시간이 흐를수록 조금은 귀찮아졌다. 그렇게 놀아줄 수 있는 시간이 얼마나 짧은지 그땐 미처 알지 못했다. 살을 부비며 더 많은 추억을 만들기에도 시간은 너무 모자랐는데….

유치원에 다녀온 동생은 강아지 같았다. 어떤 일이 있었는지 조잘조잘 말도 잘했고 귀여운 짓도 많이 했다. 처음으로 둘이서 마트에 갔던 날, 동생은 그 작은 손으로 내 검지를 꼭 잡은 채 아장아장 잘 따라왔다. 엄마가 장을 봐오라고 적어준 목록을 빠짐없이 담은 후 아이스크림을 먹고 싶다 길래 사이좋게 골라 집으로 돌아갔다. 이제 말도 할 줄 아는 아기가 내 손을 잡고 따라오는 게, 그 작은 손을 잡고 단둘이 동네를 걷는 게 그렇게 좋았다.

나는 금방 스무 살이 되었고 동생은 일곱 살이 되었다. 자꾸 내 방에 들어오고 싶어했지만 오빠는 바쁘다고, 뭔가를 해야 한다고 야속하게 문을 잠근 적도 많았다. 그러다 어느 하루는 '오늘은 그냥 놀아주자'는 마음으로 녹음하고 있던 노래를 부르도록 시켜봤다. 그런데 너무 잘 부르는 것이 아닌가! 네 번을 더빙하고 나니 더 녹음할 것도 없어서 스피커를 켜고 함께 들어보았다. 어느 유치원에서 단체로 코러스를 해주고 간 것 같은 테이크들이 생겨버렸다. 그리고 바로 그 트랙들이 운명처럼 재주소년 1집을 견인한다.

"오랜만에 학교에서 후식으로 나온 귤
아니 벌써 귤이 나오다니
그 귤 향기를 오랜만에 다시 맡았더니
작년 이맘때 생각이 나네"

시간이 흘러 나는 군에 입대했다. 전화를 걸면 동생은 학급 신문에 오빠에 관해 글을 썼더니 친구들이 "너한테 오빠가 있어?"라고 했다는 식의 에피소드를 들려주곤 했다. 면회나 휴가를 얻어 만나는 동생은 하루가 다르게 커 있었다. 소식이 좀 뜸하다 싶은 상병, 병장 무렵 그날따라 왠지 애틋해진 마음을 안고 동생에게 전화를 걸었다.

"오빠? 왜? 잘 지내? 근데 바쁘니까 나중에 통화하자."

…또 하나의 시절이 지나갔구나, 생각하며 내무실로 돌아와 기타를 잡았다. '너무 슬퍼하진 말자, 우리의 좋았던 순간들을 그려보자'라고 생각하며 지금도 친구들과 재잘거리고 있을 그녀의 모습을 노래에 담았다. 준비물을 놓고 간 동생의 이름을 베란다에서 크게 부르던 엄마의 모습도 함께.

너에게 전활 걸어
오 넌 지금쯤 하교 길이겠지
동네가 떠나도록 까르르 웃으며
친구와 걷네
베란다 밖을 보던 엄마
크게 너의 이름을 부르네
아파트 단지 앞에 또 장이 섰나봐
어서 가볼까

## 스물을 넘고

스물을 넘고 서른을 넘는 지점은 눈에 보이는 게 아니라서, 해가 바뀌는 그 순간에는 아무 감정이 없다가도 어느 날 문득 특유의 감정들이 밀려오는데, 그것은 대략 이런 것들이었다.

_ 아무것도 이룬 게 없다는 조바심

_ 얼마 전이라고 생각했던 그 일이 너무 멀어진 것에 대한 당혹감

_ 늘 함께일 것 같던 사람들이 사실은 잠시 스치는 인연이었다는 사실

_ 온 힘을 쏟던 일에 대해 '계속 여기 힘을 쓰는 건 무모

한 짓이구나' 하는 자각

_ 세상은 너무 크고 나는 너무 작다는 '뻔한 사실'을 또 다시 깨달음으로써 찾아오는 '뻔한 좌절'

하지만 다행인 건 이 맥빠진 기분을 노래로 만들어 힘없이 담고 나면 다시 또 그럭저럭 괜찮아진다. 볼품없는 내가 받아들여지는 기분이다. 늘어놓으면 그저 푸념인 얘기도 노래가 되면 제법 그럴듯해진다. 이런 걸 위로라고 할 수 있는 걸까. 또다른 차원의 깨달음을 얻(었다 치)고 다음 페이지를 향해 걸어간다. '소년, 잘 지내'라는 인사를 건네며.

난 그렇게 또 서른을 넘고
소중한 게 남아 있어
가끔 이렇게 부르네
밤새 노래한 꿈도
간절히 바랐던 사랑도
다 웃을 수 있는 날
문득 그려보네

4부

# 모든 겨울밤은 슬프다고 했던가

마치 어제 일처럼 선명한 기억을 안고 거리로 나섰지

그날의 앳된 너를 다시 만날 수 있을까

아니라는 걸 알지만

숨가쁜 우리가 그 거리를 누비고 있을 것만 같아서

# 무대 위에서

[56일 차] 2021-05-16

곡을 썼고

가슴이 터질 것 같았어♭

언제부턴가 두려워졌어

나 혼자 서 있는 순간에

노래하는 게, 활짝 웃는 게 쉽던 날들은 짧았던 것

같아

너도 내 노랠 듣고 있었니

♭ 카카오와 협업으로 진행했던 '카카오프로젝트100'에서 매일 한 편씩 글을 쓰는 프로젝트의 56일 차가 되던 날, 이 노래를 만들었다. 가사를 전부 올리긴 부끄러워 저렇게 두 줄만 적었다. 〈무대 위에서〉라는 곡은 아직 발표되지 않았다.

난 너와 함께 살아가고 있어

작은 노래가 작은 떨림이 우릴 감싸던 그 여름

창문을 열었어 비가 올 것 같았지
그때 네가 했던 말이 생각나

무대 위에서 너를 생각해 난
이 노래가 끝나지 않길 바라며
자꾸 울던 날 달래주던 네가
어디에선가 보고 있을 것 같아

기억해줄래 남아 있어줄래
내 가슴속에 그날의 우리로

# 슬픔은 시처럼

문득 눈을 떠보니 봄이 다가와 있다
지나간 수많은 봄을 무시한 채
가장 화려한 자리를 차지했다가 밀려날 운명을
나는 모르겠다는 듯이
알 바 아니라는 듯이

지구본에 섬이 몇 개인지는 몰라도
내 마음엔 외로운 섬이 꽤나 있는데
이제 그 섬 앞바다에 물이 들어오는 시간 또
밀려나가는 시간

안개 자욱한 새벽에도 아무도 없는 바닷가에서
그 일은 끝없이 반복되겠지
만날 사람도 그리워할 사람도 없는 바닷가에서
슬픔은 시처럼

어느 순간 밀려들어와

그 북적이는 기분이 나쁘지만은 않아

그때 우리, 집까지 걸어갔었지

봄날, 참 좋았었는데

사진 속 우리는 언제나 웃고 있는데

## 떠나지 마 zero

편지라는 건 너무 야속해. 보냈던 네 마음이, 나를 생각했던 그 흔적이, 이렇게 여기 있는데 이제 너는 기억도 못하잖아. 그 마음 그대로 내 서랍 속에 가지고 살아야 하잖아.

사랑한다는 말이, 좋아한다는 말이 너무 많이 적혀 있던 그 편지들. 이등병 시절엔 너무 많이 받아서 선임들의 눈치가 보였지만 그래도 행정병으로부터 편지를 전달받는 그 순간의 기쁨은 얼굴에서 숨길 수 없었다.

봉투를 열면 다른 차원의 손길이 나를 어루만졌다. 다른 세상에서 온 글씨체. 부대 바깥의 공기를 마시고 내쉬며

누군가 했던 생각들이 거기에 적혀 있었다. 편지를 통해 펼쳐지는 장면은 내가 있는 삭막한 곳보다 무조건 매력적이었다. 무난한 일상이 적혀 있다 해도 읽고 또 읽으며 충분히 상상할 수 있었다. 처음 해보는 체험이었다. 상상만으로 자유의 공기를 마시는 일.

상병 무렵에는 편지의 양이 확실히 줄어들었지만 혹시 모를 기대감에 우체국 당번을 자처하기도 했다. 다들 귀찮아서 주로 일병들에게 시키는 업무였지만 나는 상병 때도 우체국에 다녀오는 걸 좋아했다.

본청 언덕을 오르면 광주 시내가 보였다. 꽤 숨통이 트이는 풍경이었다. 돌아오는 길엔 책을 한 권씩 빌려오기도 했는데 주로 새로 나온 문학상 수상 단편집이나 시집이었다.

빳빳하고 두툼한 예쁜 봉투를 만지는 것만으로 기분이 좋아져서 일과 시간에는 쳐다만 보다가 점호 후 연등 시간♭에 뜯어 찬찬히 읽었다. 멀리 행사를 나가는 군악대 버스 안

♭ 취침 시간에 잠을 자지 않고 '연등'을 신청하면 한두 시간 정도 책을 읽거나 공부를 할 수 있었다.

에서, 아무도 없는 복도 불침번을 서는 중에 다시 읽은 적도 있다.

모두가 잠든 조용한 시간에 편지를 펼치면, 종이 위로 펜이 지나간 길을 따라 보낸 이의 숨결을 느끼는 경험을 했다. 과학 수사나 글씨체 감정을 할 때의 원리를 스스로 깨우쳤다. 초능력에 가까운 시각이 되어 적혀 있는 내용과 함께 그녀가 편지를 쓰는 자세, 옷차림, 그날 있었던 일, 방 안의 온기가 머릿속에 파노라마처럼 펼쳐졌다. 상상일지 몰라도 글씨를 따라가다보면 분명히 편지 속에 담긴 무언가가 나에게 닿았다.

그런 이유로 버리지 못하고 이사할 때마다 가지고 다니던 그 편지더미들. 보고 싶다는 말로 늘 끝맺던 따듯한 마음. 종이를 펼치면 다시 떠오르는 아득한 시간들. 깊은 밤 작은 등 하나 켜두고 적어내려갔던 그녀의 하루, 근황, 생각. 그녀의 공간이 고스란히 담겨 있던 그 편지에서 나는, 나를 향한 마음을 뒤늦게 깨닫기도 했다. 편지를 받은 지가 언젠데. 정말 바보같이.

이렇게 시간이 흘렀는데도 그 종이 냄새를 맡으면 그 속에 영원히 갇힐 것만 같다. 충분히 나를 가두고도 남을 그

글씨들과 함께.

## 합정동

20대의 처음 한동안은 모든 게 새로워 적응하는 데 시간을 다 보냈고, 중반에는 동경하던 그 세계로 내 짐을 옮기느라 에너지를 다 써버렸으며, 후반에는 뭐라도 남은 거 없나 아직도 그 근처를 기웃거리는 내 모습에 화가 나 씩씩거리느라 또 시간을 보내버렸다. 그러는 사이 모두 떠나버렸고, 나는 남겨졌고, 무언가를 그리워하기를 반복했다.

노래는 점점 더 슬퍼져만 갔고, 화음을 맞출 이들도 사라져버려서, 더 질질 끌면 구질구질해 보일까 생각하다 가까스로 잠든 나날들. 꿈속에서도 너는 떠나갔고, 깨어 있으면 이미 모두가 떠난 현실이 적막했던 그 집.

아무도 접속하지 않는 미니홈피 같았다. 폐허가 된 골목에는 전단지만 나뒹굴었다. 엄연히 사계절이 존재하는데 기억은 언제나 겨울이었다.

## Alice

압구정 하드록카페에 드나드는 게 꽤 으쓱하게 느껴졌던 2005년 무렵의 나는, 누구든 와서 구해주길 바라는 강아지처럼 불쌍한 모습이었다. 생각보다 많았던 크고 작은 무대, 라디오, 어쩌다 한 번씩 TV 출연. 눈을 뜨면 이어지던 인터뷰에서 스스로 무슨 얘기를 하는지도 모른 채 떠들었다. 갑자기 커다란 세계에 던져진 기분과, 지금 정신 차리고 바짝 해내야 한다는 생각이 동시에 몰아쳤지만 감당할 그릇은 못 되었다.

하드록카페에서 처음 만났던 그녀와 이야기를 나누다 영어 이름을 짓는다면 무엇으로 할 거냐는 얘기가 나왔다. 그녀는 '앨리스'로 하겠다고 했다. 함께 보낸 시간도 나눈 얘기도 많았는데 남은 기억은 '앨리스'라는 이름이다.

"나중에 딴 여자한테 앨리스라고 하는 거 아냐?"

그녀는 이런 식의 농담을 종종 했다. 나는 그런 그녀의 화법을 좋아했다. 비슷한 예로 함께 어딘가에 갔는데 내가 그곳을 둘러보며 "나 여기 와본 적 있는 것 같아"라고 말하면, 잠시 적막이 흐르고 그녀가 한숨을 쉬면서 "또 누구니?" 하는 식이었다. 이런 얘기가 튀어나올 때면 서로를 마주보고 곧이어 함께 웃음을 터뜨리곤 했다.

시간이 흐른 후에야 어렴풋이 알게 되었다. 그건 대상이 없는 질투이자 애정이었다는 걸. 영원히 함께일 것 같지 않은 미래에 대한 불안, 그리고 이 모든 것을 예견한 예언에 가까웠다는 걸. 그걸 너무 늦게 알아버린 어느 해 가을, 그 때처럼 농담을 나눌 그녀는 곁에 없었지만 걸음을 멈추고 혼자 이렇게 적어두었다.

"슬픈 마음이 밀려왔어
그래서 반가웠어
넌 항상 가을에 있는데
요즘 내가 지나고 있는 계절도 가을이야

옛 거리에서 문득"

잠에서 깨면 어느새

모두 꿈이었단 걸 알게 돼

그래 너도 꿈의 일부지

## 귤 returns

코트 주머니에 넣어두었던 그 귤이 올해도 라디오에서 나올 때.

참 다행이라는 심정으로 네가 좋아했던 외투를 입고 너를 만나러 나섰어. 가는 길에는 첫눈이 내렸으면. 우연히 거리에서 흘러나오는 〈눈 오던 날〉도 한 번쯤 들어봤으면.

우리 첫 데이트는 시청 앞 광장이었지. 손은 벌써 예전에, 얼떨결에 잡았지만 오늘 스케이트를 타다 잡은 손을 공식적으로 처음이라고 하자.

네가 좋아했던 빵집에 가서 빵 냄새도 맡았어. "얼굴을 스치는 바람이 좀 차졌다" 느낄 때쯤 이 빵 냄새를 맡으면 이제 널 떠올릴 거야. 농담 아니야, 나 콧구멍 하나로(아니 두 개로) 여기까지 온 사람이라구.

# 남쪽섬으로부터

계산 없이 훌쩍

섬으로 떠나버렸던 그때

나는 왠지 그 섬의 고요를 즐길 수가 없었어

어쩌면 너무 어려서 방법을 몰랐던 것 같아

## 봄이 오는 동안

불나방들이 자꾸 불빛으로 달려들었다. 시간이 흐르는 게 야속했고 다가올 미래는 너무 막연해 예민해져 있었다. 입대가 몇 개월 남지 않았기에 살던 집을 연장하기도, 새로 구하기도 애매했다. 하는 수 없이 3개월 동안 이수역 근처 고시원에서 지냈다. 기타를 마음대로 칠 수도, 작업을 할 수도 없는 그 작은 방에 다행히 조그만 창문은 하나 있었다.

눈앞의 너는 곧 사라질 것 같아서, 나는 조바심만 가득해서, 점점 줄어가는 그 소중한 시간을 행복하게 보내는 법이 없었다. 사람이 북적이는 곳에 자주 갔지만 어떻게든 단둘이 있으려 했고, 단둘이 있으면 싸웠다. 함께할 시간이 얼마 남지 않은 것에 조바심이 났던 건 그녀도 마찬가지였다. 그녀는 일하는 시간을 제외하고는 30분이 멀다 하고 연락을 해왔다. 나와 만나기 전에는 어떻게 사회생활을 한 걸까 싶은, 그런 연애였다. 어딜 혼자 보내기도 불안했다. 결국 별 상관없는 모임에도 쭈뼛쭈뼛 따라나섰고, 그녀의 친구들도 많이 만났다. 어울리지 않는 무리와 함께 있다는 느낌 때문이었는지 그녀의 향수 냄새 때문이었는지 언제나 낯선 향이 풍겼다.

서울의 지리는 그녀의 자동차 옆 좌석에서 배웠다. 내가 있는 곳으로 데리러 오고 나를 집까지 바래다주고. 그러다 그녀가 집으로 돌아갈 시간 즈음 혼자 돌려보내려 하면 서운해했기에 또다시 옆 좌석에 탔다. 그녀의 집 앞에서 무슨 할말이 그렇게 남았는지 한참을 떠들다가 그녀를 들여보낸 후 텅 빈 거리에서 혼자 택시를 잡곤 했다. 분명 돈도 없었을 텐데 그렇게 택시를 탔다.

그 무렵, 엎친 데 덮친 격으로 그녀의 전 남자친구도 여기저기서 보이는 바람에 정신건강에 영 해로웠다. 하지만 궁금한 걸 참지 못해 결국 내가 물어봤고, 그녀는 얘기를 해줄 듯 말 듯 하다 별 얘기를 다 해줬다. 그래서 결국 그 남자가 차에서 어떤 음악을 틀어놔 그녀를 기겁하게 했는지, 그 남자의 아버지가 어떻게 반대해 둘이 헤어지게 되었는지 모두 다 알게 되었다.

그녀에게는 어울리지 않던, 빛이 아주 조금 들어오던 작은 방을 나와서 골목을 누비다보면 어젯밤 술판이 벌어졌던 가게들 틈에서 점심식사가 가능한 집을 찾아내곤 했다. 닭갈비를 시켜 먹었던 어느 아침(사실상 점심), 나는 우리 두 사람의 관계가 저물어가고 있음을 순간적으로 아주 선명하게 느꼈고 영문도 모를 그녀에게 그 슬픔을 설명하기 시작했다. 장황한 설명을 하는 내 옆에서 그녀는 위로의 말들을 했고 그 순간에도 잡아둘 수 없는 시간은 하염없이 흐르고 있었다. 계시를 받은 사람처럼 비관적인 미래를 읊어대는 나를 보며 그녀는 사실상 슬픈 수긍의 눈빛을 보였다.

훈련소에서 가을을 보내는 동안. 산들이 점점 붉어지는 동안. 행군을 할 때도, 아침 점호시간 애국가를 제창할 때도, 입대 전 함께 보냈던 장면들은 더 선명해져갔다. 그녀를 업고 강변을 걸었던 일. 뜨거운 여름, 공원 그늘에 누워 매미 소리를 들었던 일. 내가 자전거를 타고 한강으로 향할 때 그녀가 차를 몰고 내 뒤를 쫒아왔던 일. 돌이켜보면 영화 같던 장면들.

어차피 번호로 불리는 훈련소에서 말은 점점 필요가 없어졌고 생각은 계속 꼬리에 꼬리를 물었다. 나는 급기야 생각만으로 다른 차원의 공간에 머무르는 방법을 터득했다. 그래서 행군이 좋았다. 특히 야간 행군을 좋아했다. 야간 행군은 밤새 앞사람의 뒤꿈치를 보고 걷기만 하면 되는 일이었다. 덜걱거리는 총소리를 들으며 앞으로 걸어가면 됐기에 나는 아무 방해 없이 마음속으로 노래도 부를 수 있었다. 그날 내 안에 울려퍼졌던 노랫소리는 신기할 정도로 선명했다. 별이 밝았고 풀냄새는 진했으며 등뒤로는 땀이 흘렀다. 쉬는 시간이 찾아와도 땀이 식지 않도록 그냥 계속 걷고 싶었다. 아침이 밝으면서 행렬의 선두가 위병소를 통과했다. 머릿속 노래의 볼륨도 서서히 줄여야 했다. 평소 야간 근무를 마치고 내려올 때 들었던 기상나팔 소리가 울려퍼지면서 행군은 끝이 났다. 사격장과 교육장이 아주 멀리에 자리한 사단의 신병교육대였기 때문에 훈련소에 있는 내내 그 정도의 행군이 꽤 여러 번 있었다.

자대배치를 받은 후, 전화통화도 가능해지면서 마음은

더 간절해졌을까 무뎌졌을까. 방탄 헬멧에 넣고 다녔던 꼬깃꼬깃한 사진은 거의 동그래진 시점이었다.

군악대 생활이 시작된 후로는 주말마다 가족과 연인이 부대에 찾아와 병사들과 반갑게 마주하는 장면을 볼 수 있었다. 그들이 오가는 길목이 나의 주말 근무지였다. 시간을 체크하는 칸에 사인을 받고 사람들을 통과시키는 일을 했다. 선임이 가족들과 함께 지나가면 일어나서 경례를 해야 했고 아무도 지나가지 않는 시간에는 틈틈이 편지를 썼다. 고요한 주말 근무 시간에 쓴 편지가 쌓여가는 동안 봄은 오고 있었다.

그땐 그녀에게서 오는 답장들이 정말 소중했는데, 시간이 흐르고 보니 그녀의 얘기들은 별로 기억나는 게 없다. 오히려 내가 보낸 군사 우편들을 다시 읽어보고 싶다는 생각이 든다. 쏟아져나오는 마음을 바쁘게 옮겨 적던 그 서툰 편지들은 지금 어디에 있을까.

봄이 오기 전까지

널 볼 수 있을 거라 했지

내가 근무하던 부대에
네가 오는 상상을 했지

텅 빈 그날의 공원과
둘이 걷던 밤의 강변
내가 미처 알지 못했던
그 시절 속 깊은 곳 우리

# 어제와 다른 비가 내리는
# 창밖을 보며

내가 시집을 낸다면 시마다 다른 종이를 쓸 거야
단어들이 매만져지도록

널 그리워하는 시에는 나무 냄새 많이 나는 종이로
사랑을 고백하는 시는 보들보들한 천에 색연필로
결코 잊지 말아야 할 이야기는 수놓아서

울고 있는 이야기들은
빗물에 우연히 젖은 종이 위에

이 비가 그친 어느 밤
너에게 속삭이고 있겠지

## 옛 연인의 이름

내가 네 이름을 불렀던가

또 너는 내 이름을 불렀던가

기억이 나질 않는다

어딜 가면 관련 자료가 남아 있을까

개화기 이전 기록처럼

어디에도 흔적이 없다

# 떠나지 마

사랑한다는 말이 너무 많이 적혀 있던 그 시절의
기록
그때는 미처 몰랐던 네가 남긴 편지 속의 나는 어떤
사람이었던 걸까

보고 싶다는 말로 늘 끝을 맺던 따듯한 편지, 종이를
펼치면 다시 떠오르는 아득한 시간들

바보처럼 난 정말 몰랐어
날 위해 적어내려갔던 그 하루, 그 밤, 그 방 안이
모두 담겨 있던 편지를

오래전 일기장을 펼친 것보다 몇 배 더 강력하게
지난 얘기와 설레던 기억들이 쏟아진다고 해도
이 모든 것들을 이제 너와 나눌 방법은 없는 거야

어쨌든 나는 다 기억해 그러니 혼자서라도 그때

우리를 기록해볼까

그리고 어디서 많이 본 장면 흉내라도 내듯 미소를

지어볼까

하지만

그럴 수는 없었어

아직 너무 선명해서

오래전 편지를 꺼내

떠나지 마

그대의 밤이 그 방 안이

흔들린 채로 담겨져 있던 그 편지

생각하지도 떠올리지도 않을 거야

그 방 안에 영원히 홀로 갇히기 전에

## 첫 여행

자연스럽게 손이 가는 기타 코드가 이만큼이고 내가 부를 수 있는 노래가 이만큼인데 여기서 뭘 더 하지, 라는 자포자기의 심정은 꽤 자주 찾아왔다. 창작의 고통이라고 거창하게 말할 수도 있겠다. 그러나 때로는 정반대로 물불 가리지 않는 창작욕이 펄떡거리기도 한다. 그럴 땐 남 들려주기 부끄러운 음성메모를 최대한 많이 만들어두고 다시 '감성의 비수기'가 찾아오면 하나둘 꺼내본다. 김장을 왕창 담가두는 것과 비슷하려나.

재주소년 4집 작업을 마무리하던 늦은봄 어느 날. 대부분의 녹음이 끝나 발매시기를 논의하던 중 앨범을 들어본 스태프들의 의견이 모였다. 선공개 싱글이었던 〈손잡고 허밍〉을 뛰어넘을 만한 타이틀곡이 필요하지 않겠냐는 것이었다. 시간을 가지고 한 곡씩만 더 써보자는 분위기가 되었다. 녹음실로 출퇴근하던 생활을 멈추어 한가해졌지만 마음은 무거운 날들이 이어졌다.

그즈음 연인과 떠났던 여행은 설렘 가득한 첫 여행이었지만 머리로는 새 노래를 계속 생각하고 있었다. 귀에 꽂은 이어폰에서 발표되지 않은 4집이 흘러나왔는데, 그녀는 함께 들으며 신기해했고 여행이 이 노래들로 오래 기억될 것 같다고 말했다. 자기 얘기였다면 더 좋았겠지만 뭐 어쩌겠냐고 웃으며 내 어깨에 머리를 기댔다. 그렇게 작은 도시로 향하는 버스 안에서 나는 '슬픈 청춘'이라는 단어를 떠올렸다.

희미해진 그날이지만 분명 마음 한구석의 어떤 통증을 기억한다. 그건 옛 연인을 떠올릴 때면 피할 수 없이 찾아오는 통증이다. 한때는 이런 느낌 따위 사라졌으면, 지금 함께인 연인만 생각하고 다른 감정은 무뎌지기를 바란 적도 있다. 하지만 정말 사라져버리려고 하면 '앞으로 진짜 못 느끼는 건가?' 하며 뒤적거렸다. 많은 이야기를 그 통증에서 길어올렸기에 그 감각을 더이상 꺼낼 수 없는 건 능력을 잃어버린 슈퍼맨 같은 걸지도 모른다는 생각을 했다. 멀리서 찾을 것도 없이 그녀와 첫 여행을 떠나던 버스 안에서도 헤어진 연인을 아프게 떠올렸다. 지금쯤 어디에서 울고 있는 건 아닐지. 함께 걷던 거리를 나 없이 혼자 걸으려면 감정 소모가 만만치 않을 텐데…. 이런 생각들은 원하든 원하지 않든 여행 내내 마음대로 뒤섞이고 있었다.

이런 종류의 이야기를 부가설명하기 위해 처음의 처음으로 거슬러올라가자면, 초등학교 6학년 '우리 반에서 좋아하는 애 1위부터 5위까지 말해주기'를 남자 여자 따로 모여서 진행하다가 여자애들 쪽에서 "야, 얘가 너 3위래!" 외치던 시절까지 가야겠지만, 그건 쌍방이 아니니까 넘어가겠다. 그러니 정리하자면, 어릴 때부터 알고 지내던 여자애와 고3 때 처음으로 사귀기 시작한 그 관계를 '처음'이라고 하는 게 나로서도 떳떳하고 그 아이에게도 예의일 것 같다. 나보다 두 살이 어려서 고1이었고 귀여웠고, 잘 웃었고, 나를 많이 좋아해주었다.

어설프게 데이트라는 이름으로 만났던 어느 날, 내가 다니는 학원 앞에 그 애가 꽃을 들고 서 있었다. '너는 이런 걸 해보고 싶었구나?' 생각하면서 다음번에는 내가 회심의 데이트 코스를 짰다. 바로 대학로 재즈클럽 '천년동안도'에 가서 메뉴를 주문하고 재즈 연주를 듣는 코스였다. 일산에서 혜화동까지 지하철을 타고 한참 걸려서 갔건만 우리는 고등학생이라는 이유로 입장을 제지당했다. 칼바람을 맞으면서 돌아오는 길, 그녀는 괜찮다고 해주었지만 나는 한없이 부끄러웠다. 너무 허탈해서 그날 어떻게 돌아왔는지, 그 후 무엇을 했는지조차 기억에 없다. 그저 바람이 아주 매서웠다는 느낌만 남아 있다.

데이트와 연애는 그후로도 많았고 행복한 장면도 많지만 그와 비례하는 통증도 함께였다. 그리고 거기에는 조바심을 내며 노래를 만드는 내 모습도 겹쳐 있다. 좋은 순간은 휙휙 지나가는데 실제로 그 순간에 머무르는 나는 늘 피곤한 상태였다.

"푸르다 못해 검은빛이던 바다
그 풍경을 함께 바라봐주던 너
여행의 클라이맥스라고 생각되는 순간이 많았지만
동해로 향하는 버스에 오를 때부터 해방감은 이미 절

정이었어

함께 있다는 것만으로 좋아
어디든 가자 처음 만나는 작은 도시로”

여행에서 돌아와 확인한 메모는 결국 데모가 되었지만 4집에 실리지는 못했다. 그냥 〈손잡고 허밍〉이 타이틀곡인 채로 앨범 [유년에게]는 세상에 나왔다. 대신 그 기간 동안 상봉이 노력해 새로 썼던 한 곡이 더 수록되었는데 그 노래는 〈솔직, 담백〉이다.

〈첫 여행〉은 아주 긴 시간을 흘려보내고 모든 기억이 어렴풋해질 무렵 다시 녹음되었고 가사도 꽤 많이 다듬어 발표하게 되었다. 그 과정에서도 이런저런 노력을 기울였는데, 그 2차 메모는 이렇다.

“아침이 밝는 걸 바라보고 있으면 가슴이 아려
무언가 떠나보낼 때마다 늘 이랬지
떠오르는 태양,
나는 세상의 끝까지 와서 수평선을 보고 있는 기분이야

취했던 그날의 우리는 이제 노래가 되어버렸네
행복하다고 생각했던 순간은 이미 날아가버렸지

아직 시간이 남아 있다는 여유로운 생각을 해본 적 없어
늘 쫓기며 확신 없는 방향으로 달렸던 것 같아
내 주위엔 값진 충고가 너무 많았고
그 충고들은
늘 지금이 마지막 기회라고 말하는 것 같았어"

동해로 향하는 버스에 올라
그렇게 보고 싶던 푸른 바다를 볼 때
서두를 필요 없었단 걸 알지
우리에겐 젊음이 아직 남아 있으니
…
왠지 슬픈 네 청춘이
훌훌 털어버리자고 할 때
너도 모르게 네 가슴에
고여 있던 눈물이 흐를 때
나와 떠나

# 그 여행에서
# 돌아오지 않은 나

사라져버리고 싶다고 생각한 적이 있지
난 스물한 살이었고 『해변의 카프카』를 읽고 있었어

작은 보드게임 판에 배팅을 하고
기타도 가끔 쳤지

바닷가의 모래는 검고
하늘은 파랗고
헤어진 후에도 네 생각을 했어

닿지 않는 곳까지 가는 버스를 타고
섬의 어딘가에서 숨어지내는 거야
나를 찾는 사람 어차피 별로 없겠지만 아마 자유롭지
않을까
내 이름을 완전히 벗어버리고

내가 보낸 세월들도 잊어버리고

생각해보니 어릴 때 잠깐 이런 여행을 떠나본 적이 있어
어쩌면 그 시간을 늘 그리워했나봐

만날 수 없는 세계에 있는
그 여행에서 돌아오지 않은 나에게 말을 걸어
네가 부럽다고
잘 지내라고

# 기억조립가의 믹싱

오늘 믹스한 9번 트랙 기타 소리에서는
99년 늦가을 4단지 놀이터에 불던 바람 냄새가

믹스를 마치고 먹는 삼계탕에서는
북가좌동 오르막길에 피어 있던 꽃향기가……

## 떠나지 마 edit

스물아홉에 나는 완전히 길을 잃었지

이것저것 해봤지만 어디에도 답은 없었지

해가 뜨는 걸 매일 보고 나서야 잠이 들었지

친구야 너도 그런 적 있니

지지 않으려고 혼자 힘을 냈지

어디에도 없는 너의 뒷모습만 좇았지

닿을 수 없는 걸 알고서도 계속했었지

내 사랑아, 대답이 없던 내 사랑아

**해 뜨는 걸 매일 보고 잠들었어**

**너도 그런 적 있니 친구야**

**닿지 않는다는 걸 알면서도 계속 부르네**

**내 사랑아 대답이 없는 내 사랑아**

## 잃어버리기

예전의 내가 어땠는지 돌이켜보게 되는 날이 종종 있는데 그게 바로 오늘이었다. 무슨 계기였는지도 모를 아주 짧은 순간에 생각은 이미 머릿속을 스쳐지나갔다.

'방금 떠올랐던 옛 생각, 내가 놓친(잃어버린) 그 생각은 무엇일까' 하는 생각이 꼬리에 꼬리를 물고 이어졌다. '뚜렷이 뭐라 할 만한 게 없지 않나'라고 생각하는 바로 그 순간 어떤 장면들이 가슴에 와 앉는다. 하지만 그것은 손등에 닿는 눈송이처럼 아주 잠깐 시릴 뿐 금세 녹아 사라져버린다. '이런 감각 하나 잡아두지 못하다니'라고 생각하며 홍대 길바닥 위에서 멍해졌다.

아무도 관심 없는 옛날 얘기를 계속해대는 내 모습이 바보 같다. ‘그때 이랬다면 어땠을까’라는 상상을 하기에도 시간은 이미 너무 많이 흘러버렸고 노래가 될 유효기간조차 지났다.

이런 내 모습이 너무 싫은데도 그걸 쳐다보고 있어야만 하는, 깨고 싶어도 도저히 깰 수가 없는 그런 꿈을 꾸는 것만 같다.

5부

# 다시 겨울

조용하게 눈이 내린
스스로를 가엾게 여기던
내가 살던 그 동네

지금도 플레이 버튼을 누르면 떠올라
나를 사랑해주었던 사람들과 함께

## A Cup of Tea

이 곡은 EP [남쪽섬으로부터]에 실렸던 〈Coffee〉의 연주 버전이다. 그러니 사실은 노랫말이 있는 곡이다. 제목에 어느 정도 암시가 되어 있듯, 다음 트랙인 〈2시 20분〉이 커피 광고에 삽입되기 위해 노력하던 그 시기에 만든 여러 데모들 중 하나다. 'CF 삽입'이라는 자본주의적 동기부여는 꽤 많은 곡을 잉태시켰다. 짤막한 스케치로 열세 곡 정도 만들어 클라이언트에게 들려주었는데 그중 내가 가장 좋아했던 건 이 곡이었다. (훗날 다른 커피 광고에 이 곡도 마침내 사용되었다.)

마음에 들었던 데에는 여러 가지 이유가 있겠지만 가장 큰 이유는, 명랑한 기타 리프 속에 나만이 알 수 있는 슬픔을 담아두었기 때문이다. 슬픔을 적나라하게 말하면 '청승', 그럴듯하게 표현하면 '고독'인데, 어쨌든 그 처량한 가사를 빼고 그 자리에 휘파람, 트롬본, 나일론 기타 등의 악기를 채우니 한층 살랑거리는 인스트루멘탈 트랙이 되었다. 하지만 아무리 탈바꿈했다고 해도 내가 듣기에는 여전히 가슴 한구석을 쿡쿡 쑤시는 느낌이 있다.

이 곡을 인트로곡으로 사용한 박경환 솔로 1집 [다시 겨울]의 작업 기간은 재주소년 4집 [유년에게] 이후 약 3년이다. 혼자만의 음반을 만들겠다고 각오를 다졌던 2010년부터 2012년이니까 20대 후반에서 30대로 넘어가는 세 번의 겨울이 포함되어 있다. 다른 계절도 분명 지나왔을 텐데 그때를 돌이켜보면 떠오르는 장면은 늘 겨울이다. 눈이 내린 동네 풍경이 유난히 조용해서였을까. 겨울이 배경인 곡들이 많기 때문일까. 이유는 하나가 아닐 테지만 친구들이 하나둘 취직을 하고 자리를 찾아가는 동안, 나만 홀로 남겨진 듯 추운 기분이 들던 그 상황들 때문일 것이다.

오래전부터 들어왔던 아버지의 충고처럼 이제 '어떤 경제활동으로 사회의 구성원이 될지'를 증명해야만 하는 순간이 정말로 온 것 같았다. 내가 사는 집에 누군가 찾아와

문을 두드리며 이제 어떻게 할 거냐고 외치는 것 같은 압박을 느끼고 있었다. 갓 졸업했던 대학의 학과사무실로부터 이따금씩 날아오는 취업현황조사 문자는 현관문을 쾅쾅 두드리는 소리 같았다. 처음으로 음악이 조금 미워지려 했다. 그 무렵, 제주도에서 사서 실컷 타다가 배에 싣고 올라왔던 첫 차, 수동 마티즈는 남의 속도 모르고 자꾸 고장이 났다. 홧김에 그 차를 팔아버리고 (또) 수동 악센트를 샀는데, 처음 운전해보는 새 자동차가 킨텍스 IC를 미끄러지듯 빠져나와 강변북로로 합류할 땐 기분이 제법 상쾌했다. 잠시나마 모든 걸 잊을 수 있던 그 드라이브의 배경 역시 겨울이다. 꽁꽁 얼어붙어 있던 새하얀 한강의 풍경이 뚜렷이 기억난다.

그렇게 새 차의 승차감을 느끼며 〈A Cup of Tea〉로 시작되는 [다시 겨울]의 데모들을 모니터할 때면 해방감과 동시에 애수가 차오르곤 했다. 만드는 동안 내게 이런 감정을 느끼게 해주는 곡들이라면 어느 정도 성공이라는 생각이 들었다. 세상에 공개되지 않은 내 음악을 혼자 들으며 새 차를 몰다보면 굉장히 잘나가는 뮤지션이 되어버린 것 같은 착각에 빠지기도 했다.

우연인지 운명인지 요즘(2022년 1월)에도 같은 킨텍스 IC에서 반대 방향으로 새 차를 몬다. 미끄러지듯 일산을 빠져나와 파주 출판단지로 향해 이 원고들을 퇴고하는 일상을 보내고 있다. [다시 겨울] 이후 9년. 과연 잘나가는 뮤지션이 되어 있나? 잘나가든 못 나가든 이쯤 되면 차를 바꿀 시기이긴 했다. 이젠 나와 기타들만 실을 수는 없는 처지이기에 새 자동차는 5인 가족, 때로는 7인 가족(장인, 장모님)이 함께 탈 SUV로 정했다.

출판사 카페 2층에 방 한 칸을 얻어 자리를 잡고 콘센트를 꽂는다. 기억들을 꺼내고 메모를 정리한다. 나만이 마주할 수 있고, 나만이 알아보는 열정, 미련, 추억들을 정돈해 한 편의 에세이로 만든다. 마주하고 싶지 않은 것들도 많아서 에너지 소모가 크다. 그러는 사이 예전 그때처럼 가슴이 아려오면 굉장히 잘나가는 작가가 될 것 같은 착각에도 빠져본다. '기억조립'이라고 말할 수 있는 이 작업은 사실 읽을 때마다 처음부터 다듬고 또 다듬는 퇴고의 늪이다. 좀처럼 속도가 나질 않는다.

작업 도중 아이디어라고 할 만한 작은 망상들이 끼어들기도 하는데, 그것들을 잡아다가 한 편의 글로 만들려고 시도하면 야속하게도 대부분 도망가버린다. 다시 거칠고 짧은 다른 메모를 들여다보며 이건 또 어떻게 완성시키나 하는 막연함에 한숨을 내쉰다. 그 시절의 나를 불러다가 '뭘 쓰려고 이런 문장을 적어둔 거냐'고 묻고 싶은 순간이 많다.

때로는 지금처럼 음반 한 장을 통째로 틀어두고 작업할 때도 있다. 청춘의 한 기간을 바쳐 만든 [다시 겨울]이라면 가능하다. 노래에 새겨진 나만 아는 순간을 포착해 글로 정돈하겠다는 다짐을 했을 뿐인데 벌써 속절없이 네번째 트랙 간주가 흐르고 있다. 선율이 흐르는 동안 스쳐가는 기억은 많은데, 'TMI'에는 자신 있는데… 겨울이 지나도 다시 또 겨울이던 내 마음도 이제 조금은 편해졌는데…….

우리 사진 펼쳐놓고 커피포트에 물을 올리고
찻장 깊이 넣어뒀던 그 커피를 꺼냈어요
물이 팔팔 끓는 동안 떠올리긴 싫었는데
그대 사진 꺼내놓고 울고 싶지는 않았는데
눈물이 많은 내가 싫어서
그댄 떠나갔는데 나를 떠나갔는데
이제 더는 곁에 없는

## 꿈속에서조차도 웃지 않는 그댈 잊고 싶은데

## 2시 20분

퇴근 시간에 맞춰 그 복잡한 동네를 비집고 들어가 그녀를 기다리곤 했다. 아무리 집에서 케이블 정리를 치열하게 하다 왔다고 해도 이 골목에 들어서면 나는 그저 허름한 백수일 뿐이었다. 몸은 이렇게 피곤한데, 하루를 꽉 채워 이것저것 하고 왔는데도, 도시의 불빛들은 나를 애처롭게 내려다보는 것 같았다. 그런 생각으로 혼자 거리를 걷다보면 지쳤지만 반가운 표정의 여자친구를 만나 손을 잡으면 그래도 안도감이 들었다.

우리와 비슷한 커플들이 많이 서성이던 그 골목에는 우리가 꽤 자주 가던 카페가 있었다. 그 카페에서 (무슨 생각을 하며) 하루종일 그녀를 기다린 것은 아니었지만, 기억은 그런 식으로—최대한 내가 불쌍한 모습으로—남아 있다. "행복은 짧을까, 지금은 두렵지 않아." 빈 카페에서 되뇌던 시간들.

'오면서 들었던 내 음악들 그래도 괜찮았잖아.'

'어디서부터 펼쳐야 할지 몰라도 내 안에 가득차 있는 엔니오 모리코네.'

"작곡가라면 누구나 가슴속에 엔니오 모리코네 하나쯤은 가지고 살잖아요?"

누가 들어야 하는지 모르는 푸념을 메모장에 적으며, 그 우스꽝스러움에 헛헛한 웃음을 스스로에게 띄워 보내며 버스를 타고 집으로 돌아오던 밤들.

긴 머리를 넘기며

날 향해 미소 짓는 그녈 볼 땐

시간이 멈출 것 같아

행복은 짧을까 지금은 두렵지 않아

## Lonely boy

고독의 기록, 혹은 초라함의 기록.

초라한 걸 너무 나쁘게 생각하지는 마. 전날
텀블러에 담았던 생강차 때문에 오늘 아무리 커피를
마셔도 생강맛이 나는 남루한 일상이지만… 뭐 어때.

풍경은 원본, 음악은 사본.
밤새 눈이 많이 내렸다던데 난 아직 창문을 열어보지
못했어.
어제는 꽃을 들고 지하철에 탄 사람이 부러워
힐끔거렸지. 내 마음엔 자꾸 비가 내리거든. 아마도
지난겨울부터.

풍경은 원본, 음악은 사본.
예전엔 기가 막히게 아름다운 풍경을 보고 그 쇼크로

노래를 만들기도 했어. 그래서 풍경이 중요했지.
그런데 어느 날 '예쁜 풍경 봐서 뭐하나…' 하는
마음이 드는 거야. 그후로 삶이 어딘가 시들해졌지.
마음이 움직이질 않으니 세포들도 같이 힘을
잃어버리는 것 같았어.

오늘은 오래된 내 일기장들을 열어봤어. 어김없이
고통스러워하는 그때의 내가 거기 그대로 있더라.
그 고통은 생생히 기억이 나. 그래서 덮어버릴까
했는데…. 전혀 기억나지 않는 아주 반짝이는 나도
그 옆에 같이 있었더라! 크리스마스 아침에 선물받은
기분을 잠시나마 느꼈지. 오랜만에 일기장을 들춰본
건 우연이 아니었을 거야.

그때로 돌아가 그 시절 친구들을 만나고 싶어.
걱정이 참 많았지만 또 아무 걱정이 없던 그 시절
속에서 밤새 얘기를 나눌 거야.

당신이 만든 커다란 우주에 외톨이

나는 외로운 존재

쓸쓸한 동네 골목을 누비다

빈 그네에 앉아 떠난 사람들을

아직도 추억하는 미련한 노래를 하다보면

해는 저물어가네

## Farewell

어제는 광화문거리를 지났어

나란히 앉았던 계단,

가을 종로,

해가 저무는 교보

넌 가라며 손짓을 했지

그게 왜 선명한지 모르겠어

그 커다란 거리 계단 위에 너를 두고 내가 떠나면

아이 같은 네가 집에는 잘 찾아갈까

진짜 그렇게 생각했었어, 그때는

서울 시내 교통상황도 모르는 꼬마 주제에

그 집 앞에 찾아간 적이 있어

헤어지고 일 년이 채 지나지 않았던 어느 날

그뒤에도 갔었고 그다음에도 갔을 거야

이제 와 생각하면 그때마다 얼마든지 돌려놓을 수 있었는데

심지어 지금보다 훨씬 어렸는데

왜 이미 늦었다며 그렇게 시간만 보냈을까

깨지 않을 것 같던 꿈도 결국 이렇게 깨고 마는걸

아직도 광화문 그 계단에 네가 앉아 울고 있을 것 같아

우린 그 순간이 마지막인 걸 알았어

서로를 정말 좋아했었지만

그것 하나로 모두 충분하단 건

너무 철이 없는 생각이었지

## Inside

샴페인을 너무 일찍 터뜨렸어

레크리에이션 자격증도 없으면서 말을 너무 많이

했지

뜨거워진 열기구는 자꾸 하늘로 올라가

모래주머니는 오래전에 다 끊어버렸는데

자꾸 떠올리기엔

시간이 너무 많이 흐른 일들

한 번도 행복했던 적 없는 지루한 인생에

슬픔이라는 돛을 달고

돌아오오

저문 강에 삽을 씻던♭ 겨울밤의 숙영지로

돌아오오

차가운 적막뿐인 이곳

♭ 1978년 《문학사상》에서 발표된 정희성 시인의 〈저문 강에 삽을 씻고〉로부터 영감을 얻어 가사에 사용되었다.

## 작은집

혼자 남겨지는 꿈을 꾸었다

잠에서 깨 젖어 있는 눈가를 닦으며

그 사람이 아직 멀리 가지는 못했을 거라고 생각했다

미련하게도

생각해보니

몇 년 전에도 비슷한 꿈을 꾼 적이 있다

이 서늘함 뒤에 다시 잠을 이룰 수 있을까

난 어느 세계에 와 있는 걸까

**너무 선명했어 방금 꾸었던 꿈은**

**마치 노예처럼 저항 한번 못했지**

**깨어났는데도 오래전 일인데도**

**바로 어제 같아 품속을 뒤적이네**

# 생일을 축하해

장거리 연애의 달인이 되어갈 즈음 제주에서 서울로 올라와 학기를 보낼 꼼수를 찾아냈다. '교류수학.' 국립대학들 사이에서 이루어지는 국내판 교환학생 제도였다. 서울에서 지낼 생각이었으니 단순히 서울대학교에 지원했는데 덜컥 합격했다. 고3 때 농담처럼 "집에서 제일 가까운 철학과가 서울대니까 거기 가면 되겠네" 했던 얘기가 실현되는 순간이었다. 속으로 헛웃음이 조금 났다.

3학년 1학기가 끝난 여름방학에 제주대학교 기숙사에서 짐을 뺐고 한라산 깊숙이 있던 작업실의 장비들도 옮겼다. 서울로 올라와서는 그녀의 옆 동네 부동산을 돌아다니며 집을 알아보았고 이사를 마치고 나니 가을이었다.

새 집에서 맞이한 첫 아침. 우체국이 있던 골목의 서늘한 가을바람이 기억에 새겨져 있다. 이젠 혼자가 아니라는 안도감, 여기서 다시 '새로운 시작'이라는 기운을 강하게 느꼈다.

아침마다 불광천에서 만나 한강까지 걷기로 했던 그녀와 나의 약속은 지켜지는 날보다 그렇지 못한 날이 더 많았다. 그래도 약속을 마음에 품고 잠드는 날이면 포근했다. 둘 다 별다른 일정이 없는 날에는 느지막이 만나 아침 겸 점심을 먹었다. 덕분에 동네 적당한 백반집을 여러 곳 뚫었다.

어쩌다 그녀가 학교까지 찾아오는 날에는 서울대학교 교정을 함께 거닐었다. 제주대 캠퍼스와 디자인이 비슷한 '총장 잔디'에 대해서도 설명해주었다. 서울대 캠퍼스를 구경시켜주는 것에 내가 으쓱할 이유는 전혀 없는데 괜히 생색을 냈다.

저녁 즈음 지하철역에서 만나는 날도 많았다. 피아노 레슨을 마치고 녹초가 되어 돌아오는 그녀를 기다리며 서점에 들르거나 옷가게를 서성거렸다. 그녀의 생일도 그런 코스였다. 그때 선물로 샀던 『노인과 바다』는 아직 우리집 책장에 꽂혀 있다. 부끄러움을 무릅쓰고 샀던 여자옷은 당근

마켓 어딘가를 전전하고 있을까. 어쨌든 우리집엔 없는 것 같다.

이 정도의 선물만으로는 좀 부족한 것 같아서 마지막으로 노래를 급히 만들었다. 그날 하루의 동선과 내가 했던 일들을 노랫말로 적은 것은 권진원의 〈Happy birthday to you〉와 루싸이트 토끼의 〈생일〉 두 곡에서 착안했다. "이런 걸 사보긴 처음이라 어물어물"과 '우물쭈물' 사이에서 갈등을 좀 했지만 어쨌든 그녀가 도착하기 전까지 1절을 완성했고, 촛불을 끄며 노래를 불러주었다. 눈물이 많은 그녀는 굉장히 감격하더니 영상 좀 찍게 다시 한번 불러보라고 했다. 방금 만든 노래라 똑같이는 안 될 거라고 양해를 구한 후 한 번 더 불렀다.

성탄절보다 더 설레는 마음이 된 우리는 음악을 틀어놓고 아무렇게나 춤을 추었다. 옷도 몇 개 없으면서 그녀의 생일을 기념해 어떻게든 빼입었던 내 모습도 기억난다. 퇴근 시간이 어느 정도 지나 거리가 한산해질 즈음 차를 몰고 명동으로 나갔다. 좁은 골목을 돌아다니다 작은 전집에 들어갔고 그 음식점 복층 작은 방에서 호박전을 먹었다. 나는 그날 이후로 호박전을 좋아하게 되었다.

네 생각도 모르는 척 평소처럼 전화를 끊고
네가 오기 전까지 나는 할일이 아주 많아
서점에서 고른 명작 헤밍웨이

우리가 함께 눈여겨둔 옷가게 앞을 서성거리네
덥석 사려 했지만 주위엔 온통 여자들
이런 걸 사보긴 처음이라 어물어물

6부

# 직업으로서의 라디오 패널

어디를 펼쳐 읽어도 네가 웃음 지을 수 있는

그런 노래를 부를 수 있길

## 어느 여름밤의 일기

내가 뱉은 시답잖은 말들이 다시 돌아와 나를 괴롭히는 밤이 있다. 1초 전에 생각난 단어를 'ON AIR' 불빛 너머로 계속 던져야만 하는 이 '시지프스'♭ 같은 굴레는 어느덧 내 일상의 꽤 많은 부분을 차지하고 있다. 방송중에 덜컥 말문이 막혔던 얘기들은 잠이 들 즈음에야 비로소 문장으로 정리되어 머릿속에 떠오르기 때문에 늘 피곤하다. 작곡도, 글쓰기도 그런 면에서 다 비슷하지만 이 작업들은 혼자 천천히 해결해도 괜찮은 반면, 라디오 패널로 방송에서 말을 하는 도중에 막히면 그 정적은 무겁기 마련이다.

생방송은 차라리 낫다. 어쨌거나 시간은 흐르게 되어

♭ 그리스 신화에 나오는 인물로 못된 짓을 많이 해 커다란 바위를 산꼭대기로 밀어올려야 하는 형벌을 받았다. 산꼭대기에 이르면 바위는 다시 아래로 굴러떨어져 이 고역을 영원히 되풀이했다. 각주를 달기 위해 오랜만에 검색을 해보니 '시시포스'라고 나온다. 그러나 고등학교 2학년 담임 선생님을 통해 〈시지프스의 신화〉를 처음 접했던 나로선 도저히 '시시포스'라는 표기를 받아들일 수 없다.

있고, 실시간 문자 참여를 하는 청취자들이 있으니까. 그들과 대화를 나누듯 그냥 편하게 얘기를 하다보면 정해진 시간은 금방 지나간다. 문제는 녹음 방송이다. 원고가 숙지되어 있지 않으면 곤란한 것은 물론이고, 그 원고를 그대로 읽는 것 또한 어색하다. 그럴 땐 나만의 생각을 곁들여 이야기가 자연스럽게 흐르도록 해야 하는데 내 스스로 해대는 소리가 같잖으니 아주 고통스러운 것이다.

작업중인 노래든, 쓰고 있는 에세이든, 방송중에 하다 말았던 이야기든 간에 하루종일 쥐고 있어도 해결되지 않던 생각들은 신기하게도 베개 위에 머리를 대는 순간 풀린다. 오은영 박사님은 그 순간에 다시 일어나 뭘 하지 말아야 한다고 했지만, 언제나 약 30분에서 한 시간 남짓 뒤척인 끝에 결국 일어나고 만다. 그때 세상은 온전한 적막이다. 어디에서도 연락이 오지 않는 고요한 새벽, 나만의 시간이 비로소 시작된다. 이 매력 때문에 뒤척이다가도 매번 일어나는 걸지도 모르겠다.

노래를 너무 못해 '오늘 이 공연은 환불 사태가 벌어질 거야'라는 심각한 두려움에 빠져 공연 후 대기실에 앉아 있던 스무 살 그 시절, "오늘 공연 정말 감동적이었어요"라는 말을 들은 적이 있다. '저 사람은 귀가 없는 건가'라고 생각한 후 돌아서서 다시 자학을 시작할 수도 있었겠지만, 그때 처음으로 생각했다. '괜찮은 구석이 있을 수도 있나?'

그 무언가를 믿고 계속 걸어오다보니 여기까지 와 있다. 머릿속을 '옹졸한 상태'로 두지 말고 '쿨한 상태'로 두자고 생각한다. 출간될지 어떨지 초고가 과연 무엇이었는지 이제는 잘 모르겠는 이 원고 위에 문장을 덧대고 조립하길 반복하는 지금도 마찬가지다. 확신은 없지만 쿨하게 스페이스 바를 누른다.

마음의 샘은 부끄럼이 많아서, 스태프들이 쳐다보는 라디오 부스보다 홀로 노트북과 마주앉은 새벽 내 방에서 더 많은 이야기를 길어올린다. 당연한 얘기다. 그렇기에 노래가 되기 전의 기억들, ON AIR 불빛 너머로 날아가기 전 이야기들을 주섬주섬 한 편씩 완성해본다.

버스 맨 뒷자리에 앉아 창밖을 스쳐가는 풍경만으로도 노랫말을 빼곡히 적어내리던 스무 살의 나는 아직 어딘가에 있을까. 그 소년을 그리워하는 마음은 이 책의 제목이 되었다. 처음엔 '잘 지내?'라는 안부 인사였는데 이제는 '잘 지내'라고 말해주고 거기에 두고 오는 심정이 되었다. 그때 그 시선으로 세상을 담는 순수한 작업이 두 번 이루어질 수 없다는 사실을 인정하고 만 것이다.

지금 이 챕터 「직업으로서의 라디오 패널」을 제외하고는 모두 오래전의 메모에서 출발한 글이다. 메모들은 길게는 15년, 16년 전 것들도 있다. 아주 반짝이는 아이디어라고 자부해온 것들이 빛을 잃어가는 과정을 다 지켜보고 나서야 세상으로 보낸다. 노래도 잊혀가는 마당에 너희들이 나와 함께 있으면 뭘 하겠니. 어서 떠나렴.

따라서 지금 시작하려고 하는 6부는 비교적 최근의 생각들이다. 라디오 패널로 이런저런 방송에 나가서 얘기했던—사실상 애드리브인—그 말들을 가만히 들여다보니 요즘 내 마음이 숨어 있었다. (그사이 시간은 또 흘러서 사실 이 6부도 이제는 최근이 아니다.) 기타를 치고, 결혼을 하고, 캠핑을 가고, 공연과 녹음을 하고, 학교에 출강하고, 레이블을 운영하며 걱정을 쏟아내는 모습들이 저절로 새어나온다. ON AIR 불빛 너머로 최대한 효과적인 문장을 던지려 애쓰던 라디오 부스 속 내 모습이 떠올라 안쓰럽긴 하지만, 어쨌든 그 순간들을 모아 또 하나의 부(챕터)를 만들어본다.

## 제2자유로

하루에 라디오가 두 번 있던 날. 오전 10시 목동 SBS에서 생방이었고, 밤 10시 상암 MBC에서 녹음이었기 때문에 시간 안배가 애매했다. 집에서 오후 6시부터 8시까지 어중간한 저녁잠을 자고 피로가 풀린 건지 어떤 건지 모르겠는 상태로 개통된 지 얼마 되지 않은 제2자유로로 차를 몰았다.

부랴부랴 목동으로 향했던 아침 도로 위에서는 출근하는 차들 사이에 끼인 채 전방에 떠오르는 태양을 강제로 마주보느라 선글라스를 쓰고도 눈물이 흘렀는데, 어둑해진 오후 8시 40분 제2자유로의 왼편에는 거대하고도 장엄한 달이 떠 있는 게 아닌가.

순간 오묘한 데자뷔를 느꼈다. 예전에도 바로 이렇게 생긴 도로 위에서 지금과 아주 비슷한 기분을 느꼈었는데… 어디였지. 분명 이 도로는 오늘 처음 달리는 길인데…….

몇 분간 곰곰이 생각하니 기억이 났다. 제주도였다. 자꾸만 고장나던 내 첫 차, 150만 원짜리 수동 마티즈를 몰고 섬을 이리저리 돌아다니던 2009년 봄. 1100번 도로(서부산업도로) 위에서 정확히 지금과 같은 기분을 느꼈다. 그 낡은 자동차의 기어를 수동으로 변속하면서 바람에 날리는 머리칼을 쓸어올리던 허세 가득한 내 모습을 떠올리다보니 어느새 방송국에 도착했다.

## EBS가 주는 모교의 느낌

—— Inside returns

어제는 여의도 KBS에 갔다가 주차권을 잃어버렸다. 어떤 아이돌이 라디오 생방송을 할 예정이었는지 오픈 스튜디오 창가에 붙어 있는 소녀들이 많았다. 누굴까 생각하는 사이 어딘가에 주차권을 잘 두었고 그대로 잘 잃어버렸다. 왼손이 한 일을 오른손이 기억 못한 케이스다.

오늘은 꽤 오랜만의 EBS 라디오였다. 몇 년 전 함께했던 라디오 '단편 소설관' 시절 스태프들에게 연락해 인사 차 잠시 녹음중인 부스 밖 컨트롤 룸으로 들어갔다. 피디님과 작가님들의 얼굴을 몇 년 만에 다시 보니 오랜만에 다시 찾은 모교의 은사님처럼 푸근한 느낌이었다. 교육방송이라 그런가.

저녁이 되자 낮에 걸었던 우면동 숲길이 아른거린다. 아른거림은 곧이어 그런 숲에서 하루쯤 숙영을 하고 싶다는 망상으로 이어진다. 그걸 실행한다면 아마 구청에서 잡으러 오겠지.

이렇게 잠이 오지 않는 밤이면 군악대원들이 함께 머물렀던 유격장의 커다란 막사가 문득 생각난다. 혹한기 훈련장의 A형 텐트도.

그땐 분명히 힘들었을 텐데 돌아갈 수 없는 순간은 아름답게만 남아 있다. 일어나서 〈Inside〉 한 번만 부르고 다시 눕자. 저문 강에 삽을 씻던 겨울밤의 숙영지로.

누군가의 품에 안긴 채

나팔소린 울려퍼졌네

## 모든 순간이
## 노래였음을

빈 종이에 뭔가를 써 내려갈 때, 늦은 밤 기타를 잡을 때, 음성메모 앱을 열고 무작정 흥얼거리기 시작할 때. 일단은 부푼 마음을 큰 획으로 휙휙 그려둔다.

'아냐. 이건 너무 뻔해.'
'어디선가 들어본 멜로디인데?'

이런 복잡한 생각들이 방해하기 전에 최대한 빨리 자유롭게, 떠오른 그대로를 늘어놓는다. 휘갈겨쓴 글씨와 앞뒤가 맞지 않는 문장이 대부분이지만 며칠 후 다시 (들어)보았을 때 내용을 알 수 있는 정도라면 절반은 성공이다. 작은 불씨를 다시 지필 때 그 안에 숨어 있던 이야기들이 또다른 모습으로 되살아나기도 하니까.

어느 시인이 라디오에 나와서 하는 이야기를 들은 적이 있다.

"어쩜 그렇게 아름다운 시를 쓰세요?"라고 DJ가 묻자

"시간이 많아서 그렇습니다"라는 대답이 돌아왔다.

"장담하건대 진행자님도 저처럼 시간이 많다면 충분히 시를 쓸 수 있을 거예요."

보통 집에 있을 땐 머리도 잘 감지 않는다던 그 시인은 오늘은 방송국에 오느라 감았으니 안심하라며 너스레를 떨었다. 나는 멍하니 그 대화를 듣고 있었다. 시인의 다음 순서로 생방송을 하기 위해 그 방송국으로 바쁘게 차를 모는 중이었다.

시인이 삶을 대하는 태도가 내 모습과 조금 닮아 있기는 했지만, 나는 오래전에 잃어버린 모습이라는 생각이 들어 조금 슬퍼졌다. 틈나는 대로 적어둔 노래의 씨앗들에게 충분한 영양분을 공급해주기는커녕 들여다본 지도 오래된 것 같아 미안한 마음이 들었다.

돌아보면 지극히 평범한 순간들이 노래가 된다. 꼭두 새벽 지방 대학교로 향하는 출근 셔틀버스에서 하나씩 꺼내 먹던 감자튀김. 덕분에 목이 메는 상태로 바라보았던 창밖 풍경은 더 오래 남는다. 왜 울었는지는 기억나지 않지만 그렇게 슬프고 예민하던 시기에 학교에서 나눠준 귤을 일 년 만에 다시 마주한 순간, 이야기는 비로소 쏟아진다. 멀쩡한 전화박스도 연인이 전화를 받지 않으면 쓸쓸한 전화박스가 된다. 주어진 시간이 많지 않은 이등병의 수신자부담전화라면 더욱더. 이렇듯 초라한 순간의 기록에 멜로디를 입히는 노력을 몇 번 하다보면 운좋게도 노래가 태어난다. 그 멜로디들이 어디론가 날아가 누군가의 마음을 만난다는 건 더없이 짜릿한 일이다.

## 유해인

—— 2022년 9월 2일의 일기

그녀를 처음 만난 장소는 2002년 14회 유재하음악경연대회 본선이 열린 건국대학교 새천년관이었다. 제주대학교 1학년 박경환은 참가번호 5번으로 〈Rainy morning〉을 불렀고, 동덕여대 4학년 유경옥♭은 그 앞 순서로 〈혼자 걷는 길〉을 불렀다.

우리는 뒤풀이에서도 아무 대화를 나누지 않았지만, 나는 2004년 화이트데이 대학로 질러홀에서 열렸던 재주소년의 첫 콘서트 '소년, 소녀를 만나다'에 그녀를 초대했다. 데면데면한 사이였기 때문에 그녀가 대기실에 나타나는 일은

♭ 유해인의 본명.

예상대로 일어나지 않았다. 공연을 마친 후, 왔었는지 안 왔었는지를 문자로 물어보니 "앵콜 〈명륜동〉 좋더라……"라는 답이 돌아왔다.

그후로도 서로의 소식을 접하긴 했지만 우린 전혀 가까운 사이는 아니었다. 해이(Hey)의 2집 [Piece Of My Wish]에 실린 〈혼자 걷는 길〉과 2009년 무렵부터 발표되기 시작한 그녀의 싱글들, 종종 들을 수 있던 유해인 표 드라마 음악에 나 혼자 열광하며 싸이월드 배경음악으로 걸어두긴 했지만. 그러다 조금 취한 날이면 '누나 음악이 너무 좋다'며 한 번씩 생뚱맞게 문자를 보내긴 했지만, 가까운 사이라고 할 순 없었다.

1집을 발표하고 훌쩍 유학을 떠났던 누나를 다시 만난 자리에서 나는 당시 잠시 맡고 있던 EBS 라디오의 패널로 나와줄 수 있겠느냐고 물었다. 그녀는 흔쾌히 승낙했다. 한국의 음악 신에 적응해보겠다는, 전과는 다른 패기가 엿보였다. 나 역시 초보 디제이였기에 함께 쩔쩔매며 우린 한 달(4회) 정도 프로그램 속 코너를 함께했다.

그후로 우리는 지금까지 비록 거리는 멀지만(일산과 동

탄) 마음만은 가장 가까운 동료 사이가 되었다. 2016년 유해인 2집 발매 기념 콘서트를 내 손으로 개최했을 때도 꽤 설렜는데, 그로부터 6년이나 지나 귀중한 〈유해인〉의 음악이 펼쳐지는 시간이 다시 돌아왔다. ♭

♭ 이 글은 2022년 9월 2일에 쓴 일기다. 다음날인 2022년 9월 3일에는 유해인과 이사라의 피아노 프로젝트 '유 앤 아이' 콘서트가 있었다.

## 그해 겨울

—— 계속 유해인

음반 제작자와 소속 아티스트 관계가 된 우리는 더 가까워졌고, 유해인 2집 이후 또 좋은 작품을 만들기 위해 데모 비슷한 무언가를 계속 주고받았다. 하지만 우릴 찾아온 건 출산과 육아의 시간들. 시기도 비슷했다. 그녀의 상황이 우리집 상황과 다르지 않았기에 더 공감하고 독려하며 살아갔다.

유해인이 피아노를 치며 흥얼거려둔 데모는 내 핸드폰에 수도 없이 많았다. 한 조각 음성메모의 다음 이야기 혹은 완성본을 기대하며 연락해보면 "그건 마음에 안 들어서 버렸다"라는 답이 돌아오기 일쑤였다. 하루는 누나가 야금야금 보내오는 데모가 너무 좋은데 발표까지 진행되지 않는

이 상황이 안타까워 내가 가사를 써보겠다고 선언했다. 아마 그날 받았던 데모의 멜로디 역시 너무나 아름다워서 그랬을 것이다. 언제나 '스따리 따리리리~'로 아름다운 멜로디를 불러 보내면서도 매번 말로만 "가사도 곧 써볼 거야"라고 하는 누나에게 적극적으로 어필을 했다. 나 지금 뭔가 떠오른다고. 그 여름날의 데모를 몇 번이고 돌려 들으며 천안(학교 출강 후)에서 일산으로 올라오는 버스 안에서 적어 내린 가사는 이렇다.

그해 여름

이 비가 오랫동안 이 마을에 내리면
기다린 시간만큼 너를 보고 싶은데
참았던 내 마음이 왈칵 쏟아질 때면
티 없이 웃던 네가 손을 흔드네

우리가 있던 곳은 자꾸 멀어지지만
가끔씩 그 마을을 지나쳐갈 때마다
그 시절 너를 마주한 것만 같아

아직도 너는 내 마음속에 있는데

비 개인 어느 오후 놀이터에 앉아서
넌 아주 오랫동안 걷고 싶다 했었지
그 작은 소원을 왜 웃어넘겼던 걸까
난 아직도 너와 함께 걷고 있는데

누나는 마음에 들어했고 이 초안에 영감을 얻어 수정이 이루어지기 시작했다. 멜로디가 일부 바뀌기도 했고 새로운 파트도 등장했다. 피아노, 드럼, 베이스, 기타, 하모니카를 차례대로 녹음했고 그러는 사이 계절이 바뀌어 노래의 제목은 〈그해 겨울〉이 되었다. 노랫말도 이곳저곳 제목에 맞게 바뀌었다. 그렇게 유해인의 보컬 녹음이 시작되었다. 전혀 가수가 아닌 사람처럼 수다를 떨어대던 '동탄 맘'이 부스 안에서 감정을 잡고 노래를 부르자, 청아한 목소리가 내 마음 한편을 자르르 울렸다. 내가 처음 잡았던 콘셉트는 여름의 장면들인데… 이게 갑자기 겨울로 바뀌어도 괜찮을까 싶었던 생각은 모두 기우였다. 그녀의 목소리가 노래에 새 숨결을 불어넣고 있었다.

## 이사라

—— 2022년 9월 2일 덧붙여진 일기♭

이사라와의 첫 만남은 유해인을 만났던 것보다 나중이다. 그렇기에 그녀를 만나자마자 "너 유경옥 누나 알아?" 하고 물었던 것 같다. "너희 학교에 걸려 있던 '14회 유재하음악경연대회 대상' 플래카드 봤어? 내가 참가번호 5번으로 그뒤에 노래를 불렀다, 이 말이야." 이런 얘기들로 친해지며 합주를 했던 게 스물둘 가을이다. 첫 합주는 마포구청과 망원 사이 스푸키바나나의 정현이 형과 (당시)

♭ 원래는 '유해인'까지만 쓰고 글을 인스타그램에 업로드했는데, 옆에 누워 있던 이사라가 "똑같이 콘서트 하는데 왜 자기 얘기는 없냐"며 진심으로 서운해하길래 곧바로 기억을 뒤적여 글을 수정했다.

델리스파이스 재혁이 형이 함께 운영하던 연습실에서 진행되었고, 우체국 근처 백반집에서 밥을 먹었다. 그때나 지금이나 같은 이사라인데 처음 만났던 날의 이사라를 상상하니 왠지 좀 다른 사람 같다.

재주소년이 홍대 5인조 록그룹인 줄 알았다던 그녀는 "미안해, '루시드폴'밖에 안 들어봤어"라며 합주에 열심히 임했고 겨울까지 이어진 여러 콘서트와 전국투어, 재주소년 3집 레코딩 작업까지 함께했다. 최근에야 안 사실인데 그즈음 이사라가 출강했던 실용음악 학원에 경옥 누나도 출강을 했었고, 그래서 학교에서는 하늘 같은 선배님이었으나 일터에서 조금 편한 사이가 되었다고 한다.

2016년 유해인 콘서트에서 이사라는 둘째를 임신한 만삭의 몸으로 〈봄이 와〉, 〈너무 사랑했던 날〉의 멜로디언을 불었다(가 숨이 차서 죽는 줄 알았다고 한다). 〈야생화〉와 〈혼잣말〉 등의 곡에 코러스도 했다(가 역시 매우 숨이 찼다고 한다). 그날의 투 샷을 보면서도 흐뭇했는데 내일이면 한층 업그레이드된 두 여인의 무대를 다시 만나게 된다니. 세월이 빨라 야속하지만 여전히 우리 셋은 대학로를 걸을 때 할 얘기가 많아서 차례를 기다려 발언권을 얻는다. 내일 무대에서는 다 하지 못할 말을 이곳에 미리♭ 남기며.

♭ 2022년 9월 2일에 작성되었다.

## 첫째 준희

첫째가 찾아온 건 2014년 12월 추운 겨울이었다. 마지막 만찬처럼 한밤중에 햄버거를 먹고, 짐을 싸서 산부인과로 향했다. 밤새도록 곁에 있을 생각으로 함께 갔지만 간호사는 아직 한참 남았다며 남편분은 집에 가서 자고 아침에 오라고 했다. 사실 분위기가 좀 그렇긴 했다. 커튼 너머 여기저기서 신음소리가 났고 아까 지나온 분만실 쪽에서는 굉장히 고통스러워하는 소리가 들렸다. 그리고 남편들의 모습은 어디에도 없었다.

집에서 혼자 잠을 자는 둥 마는 둥 하고 필요한 짐을 챙겨 다시 산부인과로 향했다. 눈이 아스팔트 위에 얇게 쌓이기 시작해 길이 조금 미끄러웠다. 아직 아이를 태우지도 않은 차 뒷면 유리에 'Baby in car'를 붙이고 조심조심 달렸다. 내가 도착하고 나서도 3~4시간이 지날 때까지 아기는 세상 밖으로 나오지 않았다. 간호사들은 별일 아닌 것처럼 다른 분만실을 오가며 '호흡 잘하고 진통이 오면 힘을 주라'고 말했지만 아내는 이미 기진맥진한 상태였다.

아이가 정말로 나오는 순간에 원래 남편은 밖에 있는 것이 원칙이었지만, 간호사가 위에서 누르는 등 온갖 긴박한 조치들이 이뤄지는 정신없는 상황에 휩쓸려, 나는 간호사가 쥐여준 탯줄을 자를 가위를 들고 곁에 서 있었다.

그후, 한동안 나는 모든 사람의 이마를 볼 때마다 그 사람의 부모에 대해 생각하게 되었다. 혼자서 '사람의 이마는 정말 아름답구나'라는 생각에 빠졌다. 어느 머리통이든 최초에는 작고 말랑말랑한 상태로 어머니로의 태로부터 나온 것이 분명하니까.

사람을 마주할 때마다 떠오르는 이 생각은 한동안 계속되었다. 그리고 신비한 물음, 우리는 어디로부터 오는가에 대해 진지하게 곱씹었다. 원래 이러한 구도(求道)의 마음은 늘 있었지만, 실제로 생명의 첫 순간, 물리적으로 어딘가에서 '오는' 그 이마를 마주한 이후로 그 물음은 더 생생한 것이 되었다.

# LP에 담겨 있는 흙냄새

어렸을 적 할아버지 댁에서는 오래된 책 냄새가 났다. 친척들이 둘러앉아 명절 음식을 먹을 땐 그냥 맛있다고만 생각했는데, 그 모든 게 이북 스타일이었다는 사실을 광화문에 있는 평안도식 만둣국 집에서 한술 뜨고 나서야 깨달았다. 할아버지는 개성 분이셨다. 어린 시절 종종 들었던 개성상인 이야기는 언제나 가슴속에 남아 있다.

커다란 지도를 뒤적이다 시커먼 개마고원을 가리키며 '저 너머에 가보고 싶다'라고 막연하게 생각했던 나는 어른이 되었고, (남한치고는) 나름 북쪽에 살고 있지만 어쩌다 한 번씩 자유로를 오갈 뿐 임진각 너머의 풍경은 아득하기만 하다.

LP를 듣기 시작한 건 몇 해 전 유재하의 〈사랑하기 때문에〉가 재발매되고 나서 그로부터 2년 후다. 유건하님으로부터 선물받은 LP를 한동안 작업실에 놓아두기만 했는데, 보너스 트랙으로 들어 있는 〈Vincent〉가 너무 궁금해 7만 원짜리 턴테이블을 산 것이 시작이었다. 가지고 있는 LP가 하나뿐이니 며칠 동안 듣고 또 들었다. 그래도 지겹지가 않았다. 기본적으로 훌륭한 음반이어서 그랬겠지만 다른 질감의 소리를 만난 신선함도 한몫했다.

처음엔 먼지 섞인 바늘소리 자체가 반가웠다. 바늘을 올리고 몇 초 후 음악이 울려퍼질 때마다 묘한 쾌감이 있었다. 분명 알고 있는 익숙한 선율도 전혀 다른 감각으로 다가왔다. '바순과 클라리넷이 원래 이 곡에 있었던가? 현악 스트링과 플루트가 서로 주고받는 순간이 이렇게나 아름다웠던가? 어떻게 녹음을 했길래 드럼소리가 이토록 폭신폭신한가' 등 연신 감탄하며 A면에서 B면으로 판을 뒤집고 또 뒤집었다.

LP로 하는 음악 감상은 차를 마시는 일과 비슷했다. 뜨거운 차는 벌컥벌컥 들이킬 수 없고 최상의 맛을 위해서 일정 온도가 되길 기다려야 하는 것처럼, LP도 바늘을 세심히 올리고 가만히 두는 시간이 필요하다. 음반을 고르고 먼지를 닦아내는 과정은 차 혹은 커피를 고르고 내리는 시간과 비슷하다. 그러는 동안에 분주했던 마음도 가라앉는다.

아날로그가 가지고 있는 이 약간의 불편함은 나를 멈추는 장치다. 오래된 것들은 대부분 불편함의 미학을 가지고 있다. 이렇게 그 시대의 불편을 재연하며 따라가다보면 깨달음처럼 과거의 장면들이 열린다. 연주자들의 연주, 녹음실과 악단의 분위기가 흑백사진처럼 펼쳐진다. 한 장의 음반을 만들면서 기울였을 노력을 상상의 나래 속에서 느낄 수 있다.

대체로 작업실에 도착하면 언제나 곧장 오늘의 작업으로 숨가쁘게 돌입해야 하는 상황들이 많지만 LP를 들여온 이후로 조금은 달라졌다. 오히려 느릿하게 시간을 기울이며 음악을 대하다보면 최근 나의 작업에서 무엇을 놓치고 있었는지를 깨닫게 되는 것이다.

서울역 레코드 페어에서 사온 먼지 묻은 고전 가요 LP를 뒤적이다보니 문득 손에서 흙냄새가 났다. 해방 후 종로 일대를 누볐을 양복 입은 신사들의 영혼이 스쳐지나가는 듯

했다. 그 감촉과 냄새는 할아버지 댁에서 오래된 물건들을 만졌을 때 느낀 것과 거의 일치했다. 돌아가신 할아버지가 생각나 〈내 고향 충청도〉를 턴테이블에 올렸다. 할아버지의 고향은 개성이었다.

'1.4 후퇴 때 피란 내려와 살다 정든 곳 두메나 산골, 태어난 곳은 아니었지만 나를 키워준…….'

## 여의도 카페

KBS에서 '더 가까이 고민정입니다' 2회분을 녹음한 후 매니저 인주가 MBC에 볼일이 있다고 해서 근처 카페로♭ 이동해 기다렸다. 얼마 후 있을 EBS '스페이스 공감'의 곡 리스트와 악기 리스트를 확정해 제작진에게 보내는 작업을 하는 동안 인주는 퇴근했고 오랜만에 혼자 카페에서 약 2시간을 죽 때리는 날이었다.

노리플라이, 옥상달빛, 버스커 버스커, 어쿠스틱 콜라보… 이런 음악들이 계속 흘러나오고 있었기 때문에 심기가 편하지는 않았다.

♭ MBC가 여의도에 있던 시절의 이야기다.

이제 일어나야지 할 무렵, 조금은 익숙한 선율이 들려왔다. 귀를 기울여보니 〈마지막 춤은 나와 함께〉였다. 나도 모르게 새어나오는 안도의 한숨. '마춤'아, 너는 마치 오늘 알제리 전♭에서 3점을 먼저 내주고 후반 한 골을 추격한 손흥민과 같은 인상을 주는구나.

수고 많았다.

♭ 2014 브라질월드컵 조별예선. 당시 스물한 살이던 손흥민이 여기서 월드컵 첫 골을 넣었다. 볼을 받는 과정에서 등으로 정확히 트래핑을 해낸 것이 인상적이었다.

## 나 혼자 간다

영화는 로드무비가 좋고, 드라마에서도 어디론가 떠나는 장면이 나오면 일단 채널을 고정한다. 처음 훌쩍 혼자서 여행을 떠났던 게 언제였던가. 마이앤트메리의 〈강릉에서〉를 즐겨 듣던 사춘기 시절. 학교에는 집에 간다고 하고, 집에는 학교에 남아 공부하겠다고 한 뒤 기숙사를 빠져나와 즉흥적으로 강릉에 갔었다. 덕분에 나를 찾는 이 아무도 없는 주말이었다.

현실세계로부터 도망쳐나온 기분은 몹시 상쾌했다. 이한철 1집의 [낯선 여행] 덕분에 혼자 여행하는 기분이 물씬 났다. 춘천 가는 기차를 탔던 건 아니었지만 대략 방향이 비슷하니 김현철 1집도 준비해두었다.

강릉 터미널에 도착한 시각은 새벽 1시경이었고 아주 컴컴한 길을 한참 동안 걸어 새벽 바닷가에 도착할 수 있었다. 걸어오는 내내 아무래도 으슥하길래 틀어두었던 라디오는 주파수가 잘 잡히지 않았는데 안 그래도 무서운 밤길 더 무섭게 미국 메탈밴드 판테라의 음악이 지직거리며 흘러나왔다.

그렇게 두 시간 남짓 바다를 향해 걷는 동안 주파수를 몇 번 바꿔 김현철의 〈오랜만에〉와 〈동네〉를 들었다. 모르는 사람들과 옹기종기 바다에 서서 붉게 떠오르는 태양을 바라볼 땐 이 타이밍을 놓치면 안 되겠다 싶어 김장훈의 〈사노라면〉♭을 플레이했다. "그곳에 도착하게 되면 술 한잔 마시고 싶어. 저녁때 돌아오는 내 취한 모습도 좋겠네"♭♭라는 노랫말을 그대로 따라 해볼까 생각도 했지만 눈에 아주 잘 띄는 특이한 교복을 입고 돌아다녔기 때문에 그럴 수는 없었다.

여행에서 돌아온 후에도 일상은 반복되었다. C.A.(특

♭ 내일은 해가 뜬다. 내일은 해가 뜬다.

♭♭ 김현철 〈춘천 가는 기차〉의 노랫말 일부.

별활동)를 위해 대학로를 거닐던 어느 토요일에는 동물원의 〈혜화동〉을 듣기도 했다. '나도 언젠가 제목이 〈○○동〉인 노래를 만들어야지'라고 생각했던 고등학생은 훗날 재주소년 1집에 〈명륜동〉을 만들어 실었다. 중학교 2학년 수학여행 때 남쪽 섬의 이국적인 풍경에 매료돼 '언젠가 꼭 여기 와서 살아야지' 생각했던 나는 실제로 제주에 있는 대학교에 진학했다. 당시 유리상자 버전의 〈제주도의 푸른 밤〉을 자주 들었던 것 같다. 어쨌거나 최성원의 오리지널 버전은 뒤늦게 들은 것이 확실하다. 덕분에 또 저질렀구나 싶던 순간이었다.

어떤 선택이든 크게 주저하지 않던 때가 그립다. 그 여행을 함께해주었던 수많은 노래들. 그 노래들을 온몸으로 흡수하던 어린 날이 그립다. 어디론가 떠나려 했지만 어느새 '고정'되어 있는 나를 매일 발견한다. 꼭 '물리적 고정'이라기보다 저지르는 정신을 잃어버린 갑갑한 마음의 상태가 계속되고 있는 느낌이다. 그럴 때면 '이대로 괜찮은 걸까' 생각하게 된다. 삶은 어차피 계획대로 되는 것도 아닌데, 나를 일부러 가둬둘 필요는 없는데…….

스스로에게도 예고하지 않고 떠나는 여행을 언제쯤 다시 해볼 수 있을까. 별을 더 가까이 보기 위해, 가슴속 오래 묵은 공기를 밀어내기 위해, 진하다 못해 우아한 고독을 남몰래 내 안에 담아두기 위해, 길을 잃은 채로 시작하는 진짜 여행을 다시 떠나보고 싶다. 불쑥 어쩔 수 없이 엎질러지고만 그런 여행을.

# 꽃이 피고 지는 동안

다래끼가 아직 낫지 않아 끔벅거리는 게 어색한 짝짝이 눈으로 핸드폰을 확인하니 새벽 5시. 전날 새벽 1시 너머까지 이런저런 고민으로 뒤척이다가 잠들었는데, 그런 날은 꼭 이렇게 네 시간 만에 눈이 떠진다. 사라와 아이들이 깨지 않을 볼륨으로 설거지를 시작했다. '하려고 했는데 깰까봐 못 했어'라는 변명에서 오늘은 벗어나보려고. 어젯밤 우리 가족이 저녁을 먹었던 흔적을 씻어내면서 창밖이 서서히 밝아지는 것을 느꼈다.

그때였다! 눈길이 잠시 창가에 머무는 찰나, 커다란 눈송이들이 보였다. 아주 짧은 순간이었지만 가슴이 두근거렸고 크리스마스 아침처럼 가슴이 덜컹거렸다. 어젯밤, 아니

지난 주말부터 조급증에 걸린 사람처럼 지냈는데 48시간 가까이 불안하기만 했던 내 마음이 갑작스럽게 녹아내렸다.

이것은 어떤 이유에서였을까. 4월에 만난 눈이 너무 반가워서? 비현실적인 창밖 풍경이 지루한 현실을 흔들어서? 쌓였던 설거지가 사라지는 것과 함께 내 마음도 씻겨내려가서?

내가 순간적으로 눈이라고 느꼈던 그 주먹만한 눈송이는 사실 하얀 꽃망울들이었다. 매해 이맘쯤이면 찾아오는 녀석들인데 아직도 이름을 모른다. 손에 물기를 묻힌 채 창밖을 한참 바라보았다. 서늘한 꽃향기 덕에 완연한 계절의 변화를 느꼈다.

설거지를 마치고 쌀을 씻었다. 며칠 전 장모님이 '국 끓일 때든 뭘 만들 때든 그냥 물로 안 하고 쌀뜨물로 한다'고 얘기했던 게 기억나 생전 처음 쌀뜨물을 버리지 않고 모아봤다. 빛깔이 아주 고왔다. 어느 아침방송에선가 쌀뜨물로 세수하는 게 피부에 좋다고 했던 정보 때문에 한 바가지 받아둔 이 물로 세수나 할까 잠시 고민했지만, 오늘 아침 내 업적을 생색내기 위해서라도 그냥 주방 한가운데 두었다.

해야 할 일을 쌓아두고는 새벽에 일어나 하나씩 해치

우는 쾌감이 있는데 그걸 알면서도 요즘엔 마냥 뭉그적거리는 편이다. 오늘 아침은 저 커다란 눈송이들 때문이라고 해두자. 매년 봄에 찾아와주는 너희마저 외면할 순 없으니. 어젯밤 비는 내리지 않았지만 〈밤새 내린 비에 젖은 나무에게〉의 플레이 버튼을 누르며 하루를 시작하기로.

## 혜은이

어느 밤 우연히 보았던 다큐멘터리 '싱어즈'의 혜은이 편이 끝난 후, 알고리즘을 통해 쏟아지던 그녀의 과거 무대 영상들을 빠짐없이 차례대로 감상했던 날이 있다. 싱글 [왠지 너는]을 발표한 후 얼마 지나지 않은 봄밤이었다.

노래를 배경으로 스쳐가는 지난 세월들 때문이었을까, 가슴이 두근거렸다. 내가 태어나기 전 영상부터, 어렴풋하게 기억나는 80년대 후반의 서울, 한강, 경부고속도로, 방송국……. 선명히 기억나는 〈파란나라〉와 〈피노키오〉에 이르러서는 오래된 상자 속 먼지 쌓인 사진첩을 펼친 기분이었다.

〈파란나라〉 이후 30년. 모두 어디로 간 걸까? 저 경쾌한 멜로디 속에서 춤추던 꼬마들은 이제 어른이 되었을 텐데. 화면 속 인형과 어린이들이 반가우면서도 슬펐다.

혜은이의 수많은 라이브 영상 가운데서도 80년 서울국제가요제의 〈후회〉 라이브 무대를 가장 좋아한다. 어두운 화면과 열악한 음향이지만 그 모든 것을 뚫고 나오는 가수의 존재감, 길옥윤의 색소폰, 길고 긴 간주 동안 커다란 무대를 누비는 거침없는 춤사위, 그 흔들림 없는 몸짓. 한번 플레이하면 넋이 나가서 보게 된다. '혜은이, 길옥윤' 콤비의 마지막이 다가오고 있음을 암시하듯, 노래는 슬프고 음악적 완성도는 절정에 달해 있다.

이제 잠시 후면♭ 공연이다. 아침부터 리허설이 예정되어 있다. 요 며칠 예능프로그램 '같이 삽시다' 녹화를 마치고 돌아오신 선생님은 컨디션이 예전 같지 않다며 걱정어린 눈빛으로 나를 바라보곤 하시는데 그럴 때마다 나는 그

♭ 혜은이+재주소년 컬래버레이션 쇼 '당신의 파란나라는 무엇인가요' 공연날 아침에 쓴 글이다.

옛날 대기실을 함께 사용한 동료 단원이 된 것 같은 착각에 빠진다. 여린 눈빛을 느끼다 무대를 준비할 때, 무대 위에서 이야기를 나누다 활짝 웃는 눈이 될 때, 시간은 40년을 거슬러 흐른다. 소녀가 거기에 그대로 있다.

유하(YUHA)

바이닐 중독 상태가 되었다. 음원사이트 스트리밍, CD 등 모든 형태의 음악 감상이 불만족스럽고 오직 LP를 통해 듣는 음악만 만족스럽게 느껴지는 지경에 이르렀다. 몇 년간 이어졌던 고민, '나조차 더이상 CD를 사지 않는데 이걸 계속 만들어내는 게 맞을까?' 하는 음반 제작자의 고민은 LP를 본격적으로 듣기 시작하면서 해소의 조짐을 보였다. 가난한 제작자였지만 조금 더 용기를 내 'LP를 만들자'는 결심을 했고 그 결정은 꽤 성공적이었다.

애프터눈(afternoon records)♭의 마지막 CD 제작은 지난 재주소년 싱글 모음집 [혜은이]로 막을 내리게 되었다. 그후 오소영 3집 [어디로 가나요] 박경환 1집 [다시 겨울(리마스터)]에 이어, 유하(YUHA) 2집 [낮잠]은 레이블 애프터눈이 만든 세번째 LP다. 이전 두 번의 LP 제작과 다른 점이 있다면 이 앨범의 곡들은 음원사이트에도 'LP 마스터링 음원'이 릴리즈되었다는 점이다. 보영♭♭과 회의한 결과 우리의 음악이 음압 경쟁♭♭♭을 하는 요즘 스타일은 아니니, 음원사이트용과 LP용 마스터를 따로 만들 필요는 없지 않겠냐는 이야기가 나왔고, 아티스트 동

♭ 포크 좀 하는 인디 레이블.

♭♭ 아티스트 '유하(YUHA)'의 본명이다.

♭♭♭ 예전 음악들의 파형을 보면 위아래든 중간이든 군데군데가 넉넉하게 비어 있다. 더 큰 소리를 내려고 경쟁하지 않았다는 증거다. 그러나 요즘 음악들은 다른 곡에 비해 소리가 작게 들리면 안 되기 때문에 경쟁적으로 소리를 높인다. 톤이나 멜로디보다 쿵쿵거리는 비트와 댐핑을 더 중요하게 여기는 시대가 되었다. 그런 장르들이 흥행하는 것에 불만은 없지만 내가 그 반대편에 있는 것만큼은 사실이니 이쪽도 좀 받아들여지길 바라는 마음이… 죄는 아니잖아?

의하에 하나의 마스터로 진행했다. 물론 돈도 절약된다.

앨범이 발매된 오늘, 핸드폰 스피커로 전곡 스트리밍을 세팅해놓고 아이들과 밤 산책을 하면서 쭉 들었다. 웬걸, 너무나 넉넉하다! 핸드폰 스피커로 이런 만족을 누린 적이 있던가. 물론 그것은 마스터링이라는 후반 작업만으로 되는 것은 아니다. 뮤지션의 작곡부터 편곡과 레코딩, 믹싱 등 여러 부분에서 비우기와 톤 찾기를 추구한 결과다. 꼭 필요한 것 외에는 말이 없는, 내 친구 상봉의 모습이 자꾸 겹치는, 보영을 닮은 한 장의 앨범 [낮잠]이 세상에 나왔다.

# 기차

이렇게 새삼 기차가 다시 좋아진 건 준희가 기차를 바라보던—혹은 기차 안에서 창밖을 바라보던—눈빛을 본 후부터다. 처음 마주하는 세상을 흡수하는 듯한 아이들의 눈을 볼 때면 잊고 지낸 많은 것들이 생각난다.

강의를 마치고 천안역 플랫폼에 앉아 도착할 기차를 기다린다. 매주 그 자리에서 그렇게 10분 정도를 기다리면 기차는 나를 싣고 행신역으로 향한다. 오늘 아침 허겁지겁 탑승했던 그 역으로 다시.

이렇게 따지면 지하철이랑 별다를 것도 없는데, 기차는 왜 이렇게 설레는 걸까. 10분 남짓 그 플랫폼에 앉아 있으면서 곰곰이 생각했다.

때마침 울려퍼지던 안내 방송을 들으며 깨달았다. “이 기차의 종착지는 부산, 구포”라는 얘기를 듣는 것 자체가 일단은 짜릿한 거였다. 지금이라도 미친 척 반대쪽 기차에 올라타면 몇 시간 지나지 않아 바다에 닿을 것 아닌가.

부록

# 소년, 잘 지내?

## 음악극 인셉션

2014년 9월은 먼 훗날 기억 속에 아마 엉켜 있을 것이다. 과거와 더 먼 과거를 무대 위에서 오갔던 시간들이다. 무대를 방으로 꾸며놓고 2001년으로 돌아가기를 2주간 반복했다. 대학로 해피씨어터 대기실에서 교복을 입고 책가방을 맨 채 '내레이션 1'을 들으며 등장을 기다리던 1막 직전의 떨림, 문을 열면 펼쳐졌던 우리들의 이야기, 관객 입장 전부터 아무도 모르게 침대에 누워 있던 상봉. 노래와 기타, 작사 작곡의 순간마다 나누었던 대화들.

재주소년이 지나온 시간을 바탕으로 대본을 꾸리고 중간중간 노래들을 넣어 만든 음악극이었다. 추억을 모아 만든 공연인데 무대 위에서 그 시절로 돌아간 내가 또 한번 추억이 되어 있으니, 거울 속의 거울이요, 일기 속의 일기다. 영화 〈인셉션〉이 따로 없다.

공연 후일담과 다시 돌아온 일상을 정리해 글을 써야지 생각만 하다가 이렇게 긴 시간이 흘러버렸다. 좋았던 순간을 곱씹으며 그것을 시시콜콜 일기장에 적을 여유 자체가 일상에서 사라졌다. 슬픈 어른이 되어버린 것이다.

다시 음악극을 열 수 있을까. 초연(2010)을 보았던 적이 형은 이 대본을 자신에게 팔라며, 너희가 힘들면 배우를 바꿔가면서 대학로에 올리겠다고 했다. 농담이 섞인 극찬이었다. 연기도 가창도 프로페셔널하지는 않았지만, 극 안의 소년들은 순수했고 음악을 사랑했으며 그들을 둘러싼 배경은 왠지 알 듯한 '우리네 인디' 주변 이야기들이라 마음을 움직인다. 아주 사적인 성장드라마라고 생각하고 썼지만 우리 모두의 추억이기를 바라면서 부록에 싣는다.

2010. 11. 27.
'소년, 소녀를 만나다 Part.5 비밀의 방: 안녕, 재주소년' (광장동 악스코리아)

2014. 9. 19.-26.
셀프 다큐 음악극 '안녕, 재주소년!' (대학로 해피시어터)

♭ 이 챕터는 두 번의 음악극에서 사용된 대본을 각색, 보완한 희곡 형식이다.

♭ 극중 사용했던 내레이션 트랙과 라이브 실황은 스페셜 앨범 [어바웃 재주소년] 에 담겨 있다.

1막

사보의 방

의상: 경환 → 교복, 상봉 → 잠옷

**내레이션 1 (경환)**

1995년 6학년 2학기가 시작되던 날, 경기도 일산 신도시 한 초등학교에서 둘은 처음 만났다. 교실 맨 뒷자리에 앉아 있던 상봉은 몇몇 녀석들(정우진, 김준호)과 함께 '3대 거인'이라 불렸지만 안타깝게도 그때 키가 다 큰 거여서 중학교 3년을 지내는 동안 내 키도 서서히 상봉과 비슷해지고 있었다. 그렇게 초등학교 중학교 동창이었던 우리는 99년 서로 다른 고등학교로 진학했다. 기숙사 고등학교에 다니게 된 나는 주말마다 상봉의 집에 놀러갔고 우린 늘 밤새도록 기타를 쳤다. 우리들은 그곳을 사보의 방이라고 불렀다.

무대에는 기타 3대, TV, 침대.

침대 위에는 이불이 덮여 있다. 가지런한 이불 속엔 아무도 없는 것처럼 보이지만 사실 관객 입장 전부터 유상봉이 납작하게 누워 있다.

경환 어머니 안녕하세요? …… 아무도 없나? 야, 뭐하냐. 어디 있어?

TV 소음, 침대에서 부스스한 머리로 일어나는 상봉.

상봉 왔어? 오늘은 관객들이 많이 왔나보네. 한참 잤다 야.

기지개를 켜며 하품하는 상봉. 공연 시작부터 영화 〈유주얼 서스펙트〉를 본 듯 관객 일제히 경악.

경환 야. (웃음을 참으며) 나 빨리 학교 기숙사 들어가야 돼. (기타를 집어들며) 내가 지난주에 노래를 하나 만들었는데…….

F 메이저세븐, E 마이너, D 마이너세븐, C 코드를 어설프게 짚고 연주하며 〈언덕〉의 최초 작곡 버전을 상봉에게 불러준다.

가만히 듣는 상봉.

**상봉** 좋은데? 나도 하나 만든 게 있어. 아직 가사는 없고…….

〈팅커벨〉의 초기 작곡 버전을 들려준다. '나나나'로 신나게 노래한다.

**경환** 좋긴 좋은데…… 이 부분, 표절 아냐?

방금 상봉이 부른 〈팅커벨〉 후렴구 코드를 이어서 연주하며 미선이의 〈Sam〉 "나를 미워하세요. 나를 싫어하세요" 부분을 부른다. 상봉, 흠칫 당황. 이어서 불독맨션의 〈Fever〉 "나이스 포에버 드림 걱정 없이 가는 거야. 그래그래, 너와 나" 부분을 부르며 상봉을 추궁한다. 주눅이 든 상봉.

**경환** 너무 실망하지 말고, 살짝 바꿔서 완성해보지 뭐. 내가 가사 써올게. 그럼 나 학교 간다. 다음주에 또 올게.

경환이 무대 밖으로 나가고 상봉은 다시 침대에 누워 기타를 친다.

**상봉** 아씨. 표절인가……. 그냥 경환이가 써온 곡이나 완성해보자. 아까 보니까 음이 좀 낮은 것 같던데 키를 높여볼까. 첫 코드를 A 메이저세븐으로 하면(기타를 좌르릉 연주한다)…… 그리고 기타가 너무 단순했으니까 리듬을 좀 넣어야겠다. 모던하게…… '움잡 드 움잡' 이렇게 할까.

상봉은 경환이 들려준 곡을 퍼커시브 주법—기타 현을 두드리듯 쳐서 소리 내는 주법—으로 편곡해나간다. '움잡 드 움잡'이라고 메모해둔 후 다시 잠이 든다.

TV 소음을 사용해 시간의 흐름 표현.

경환, 사복 차림으로 다시 등장.

상봉은 자고 있고 경환은 상봉이 해둔 메모를 발견한다.

**경환** 야, 또 자냐? 일주일 동안 잔 거야? 어, 이건 뭐지? '움잡 드 움잡'? A 메이저세븐?

경환이 상봉의 편곡을 연습해보고 있을 때 상봉이 일어나 일렉 기타를 잡는다.

LIVE 1. 〈언덕〉

경환 일어났어?

상봉 어, 왔어?

경환 그때 그 곡, 내가 가사 써왔다.

상봉 진짜?

LIVE 2. 〈팅커벨〉

〈팅커벨〉의 후렴구를 경환이 반복하는 동안 상봉은 무대 밖으로 퇴장.

노래가 끝나면 암전.

## 2막

### 제대 원룸

의상: 둘 다 → 반팔, 반바지, 슬리퍼

**내레이션 2 (경환)**

월드컵의 열기가 뜨겁던 2002년. 나는 제주대학교 후문 한라산 중턱 제대 원룸에서 혼자 지내는 생활을 시작했다. 꿈꿔왔던 섬에서의 삶. 만족과 괴리를 동시에 느끼며 내가 가장 심취했던 일은 일산에서 재수를 하고 있던 상봉과 메신저를 통해 신곡을 주고받는 일이었다. 당시 우리가 할 수 있는 유일한 음악활동이었고 재주소년 역사상 음악적 교류가 가장 왕성했던 시기였다.

경환이 관객을 등지고 컴퓨터 앞에 앉아 MSN 메신저를 하고 있다.

무대 위 큰 화면으로 MSN♭ 실시간 대화창을 띄운다.

상봉이 신곡을 썼다며 데모 MP3 파일을 전송한다. (상봉, 무대 밖 어딘가에 설치된 컴퓨터로 실제 채팅중.) '전송 완료' 효과음이 울린다. 경환은 〈비오는 아침〉 데모 파일을 보낸다. 상봉의 파일을 클릭해서 열면 〈간만의 외출〉 데모가 흘러나온다. 음악을 들으며 계속 메신저로 대화하고 관객들은 〈간만의 외출〉 데모가 흐르는 내내 채팅 상황을 지켜본다.

---

내꿈은뮤지션(sabo20) 제주도 대학 생활은 어때?

afternoon 친구 사귀기가 귀찮아. 집에 있는 시간이 더 많네. 너는? 재수 생활은 할 만해? 무슨 공부냐, 그냥 제주도 한번 와.

내꿈은뮤지션(sabo20) 요즘 비행깃값 얼마나 하지?

afternoon 글쎄, 왕복으로 한 14만 원 아닌가?

내꿈은뮤지션(sabo20) 아, 이펙터 하나 팔아야겠네. 중고거래 해보고 표 사서 갈게.

♭ 2010년 공연에는 MSN 화면을 띄웠으나, 2014년에는 MSN을 사용할 수 없어 네이트온을 띄웠다.

– 내 꿈은 뮤지션(sabo20)님이 로그아웃하셨습니다. –

afternoon 그래…… 벌써 나갔네.

---

상봉이 곧바로 무대로 들어온다.

상봉 왔다. 가깝네?

경환 빨리 왔네?

상봉 (무대에 놓여 있는 기타를 보며) 내 기타 여기 있네?

경환 (애드리브 무시하며) '간만…' 그 곡 있잖아. 내가 2절도 만들어봤어.

상봉 오, 그래?

LIVE 3. 〈간만의 외출〉

LIVE 4. 〈비오는 아침〉

**경환** 이 노래로는 유재하음악경연대회 준비하려고. 나 이제 대학생이잖아.

**상봉** 아, 나는 대학생이 아니니까 너 혼자 나가야겠네. 내가 매니저 할게. 우리 만들어둔 노래도 많은데 다른 것도 녹음해서 음반회사에 데모 돌려보는 건 어때? 내가 미디앤사운드에서 홈 레코딩 강좌 무료 버전을 좀 들어봤는데 별거 없더라고. 이렇게 하면 된대.

상봉, 이불을 가져온다. 경환에게 이불을 뒤집어씌우고 녹음을 시킨다.

**경환** (이불 속에서 〈섬〉을 부르다 답답해하며) 야, 너무 더운데? 이렇게까지 해야 돼?

**상봉** 오케이, 컷! 잘 나왔어. 이걸로 돌리면 되겠다.

**경환** 제주도까지 왔는데 자전거 타고 제주 한 바퀴 돌자. 나 이 동네에서 9만 원 주고 중고로 하나 샀어.

**상봉** 한 2박 3일이면 제주도 한 바퀴 충분히 돌겠지?

잠시 암전. 배경 전환.

무대 위, 자전거가 놓여 있고 어둡다.

화면에는 성산일출봉이 보인다.

LIVE 5. 〈밤새 달리다〉

루프 스테이션을 사용해 후주가 계속 흘러나온다.

볼륨이 작아지면서 대사 시작.

경환 야, 뭐가 이렇게 힘들어. 2박 3일 안에 한 바퀴를 돈다고? 하루종일 달렸는데 성산일출봉까지밖에 못 왔잖아. 심지어 내 자전거는 고장났는데?

상봉 이거 고칠 수 있을까? 자전거포가 어디 있나.

경환 야, 시끄러워. 꺼봐, 꺼봐.

루프 스테이션을 밟아 음악을 끈다.

조명이 밝아진다.

**상봉** 어! 저기 자전거포다.

**경환은 상봉의 일렉 기타를 잡고 연주할 준비한다.**

여기 뭐라고 써 있는데? 이게 뭐야. '20일 하루는 휴가를 즐기겠습니다'? 오늘 며칠이지? 오늘이 20일이잖아. (상봉 일어나서 문을 쾅쾅 두드리며, 그로울링 창법으로) 문 열어!!

### LIVE 6. 〈돼지국밥♭〉

**경환** 됐고, 그냥 집에 가고 싶다. 반팔에 슬리퍼에, 모자도 안 쓰고 와서 다 타버렸잖아. 이게 뭐냐.

**상봉** 아 진짜, 이 자전거 버리고 싶다. 그래도 조금만 더 가면 내리막길이야. 힘내. 오! '제주시 11km'?

♭ 철없던 스무 살, 우린 무작정 남쪽으로 여행을 떠났다. 마지막 여름 새벽비가 무심하게 내리는 신촌의 모퉁이에서 밤새도록 기타를 쳤고, 광주와 완도를 거쳐 배를 타고 제주로 향했다. 도착한 다음날 상봉의 자전거를 추가로 빌려 2박 3일 동안 섬 한 바퀴를 돌겠다는 무모한 계획을 실천에 옮기기 시작했다.

아무 정보가 없었기 때문에 계속 오르막이 나오는 동쪽 방향으로 달렸다. 덕분에 반대 방향으로 달리고 있는 사람들과 자꾸 마주쳤다. 사람들은 모두 챙이 큰 모자와 팔 토시를 했는데 우리는 모자도 없이 반팔, 반바지, 슬리퍼 차림으로 달리고 있었다. 화상에 가까운 피부상태가 되는 것은 시간문제였고 여행은 점점 극기 훈련이 되었다.

바닷가에서 치겠다고 기타를 가져왔지만(5집 [꿈으로] 앨범 커버 참조), 그런 낭만을 찾을 순간은 없었다. 날씨는 무더웠고 오르막은 계속됐다. 우리는 기타와 침낭을 실은 채 밤새 달리기만을 반복했고 산방산 아래 모래사장에서 하룻밤을 보내기도 했으며, 결정적으로 마지막 날에는 자전거가 고장났다. 내리막에서는 소박한 기쁨을 맛볼 수 있었지만 오르막은 힘겹기만 했던 그 여정 중에 겨우겨우 찾은 자전거포에는 삐뚤빼뚤한 글씨로 이렇게 쓰여 있었다.

'20일 하루는 휴가를 즐기겠읍니다.'

이상하게도 그 오탈자(읍)는 우리를 약올리는 것만 같았다. 때마침 자전거포 쪽으로 대여섯 명의 남녀 무리가 자전거와 인라인 스케이트를 타며 다가왔고 "여기 오늘 문 닫았나봐. 우리 그냥 돼지국밥이나 먹으러 가자"라며 떠들었다. 하하 호호 웃으며 유유히 사라져가던 남녀 무리는 옷도 깔끔하고 외모도 준수했던 반면 우리는 거지꼴이었다. 그들의 여유로운 대화를 들으며 자전거를 고칠 수 없다는 사실에 망연자실한 채 한동안 쪼그려앉아 있었다. 여행에서 돌아와 당시 상황을 '하드코어 랩 메탈' 장르로 표현한 것이 3집 [꿈의 일부] B side 〈돼지국밥〉이다.

LIVE 7. 〈집으로〉

자전거 퇴장.

다시 제대 원룸으로 배경 전환.

**경환** 역시 집이 좋다. 근데 팔에 화상 입은 것 같아. 피부가 완전히 익어버렸네.

경환, 오이와 감자를 썰어서 마사지한다.

오이를 붙이다 악상이 떠오른 듯 기타를 친다.

**상봉** 야, 좀 쉬지. 뭘 또 치냐. (전주를 따라 치기 시작한다.)

LIVE 8. 〈Missing Note〉

암전.

## 3-1막

### 제주시청, 어느 모퉁이 자취방

의상: 둘 다 → 평범한 대학생 복장 (상봉 → 슬리퍼)

**내레이션 3 (상봉)**

여행을 떠나기 전 큰 기대 없이 돌렸던 데모 CD를 통해 우리는 '문라이즈'라는 레이블로부터 답신을 받았다. 꿈같은 일이었다. 비슷한 시기에 경환은 유재하음악경연대회에서 동상을 받았고, 그후 일 년간의 작업 끝에 우리는 '재주소년'이라는 팀명으로 데뷔앨범을 발표하게 되었다.

〈귤〉, 〈눈 오던 날〉, 〈명륜동〉 등의 노래가 공전의 히트를 기록했지만, 이듬해 봄, 경환은 다시 제주로 복학을 결정했고 친구 따라 강남 가듯 나도 제주한라대학에 입학했다. 재밌는 것은 실기 시험이나 다른 어떤 시험을 치른 것도 아닌데, 수시원서 접수 후 학교측과의 짧은 통화에서 이름을 묻길래 '유상봉'이라고 했더니 자네 이름이 마음에 든다며 날 합격시켰다는 것이다. 우리는 그렇게 함께 제주도로 내려가게 되었고 경환이 방학중에 미리 계약해둔 새 원룸에서 동거를 시작했다.

경환이 기타를 서서히 연주하는 동안 상봉이 어슬렁어슬렁 걸어나온다.

상봉 며칠 전에 미리 와서 계약했다더니 여기야? 집 좋네. 옥상도 있네. 와, 북쪽으로는 바다가 보이고. 어! 저기 한라산에 저거 노루 아니야? 무라카미 하루키도 이런 집에서 살진 않겠다. 허허허.

**LIVE 9. 〈봄비가 내리는 제주시청 어느 모퉁이의 자취방에서〉**

암전.

## 3-2막

## 2집 활동기

의상: 둘 다 → 최대한 좋은 옷으로…….

**내레이션 4 (상봉)**

제주도의 좋은 정기를 받아 우리들의 음악 열정은 멈추지 않았고 2005년 10월, 거침없이 2집을 발표하게 된다. 재주소년의 인기는 차츰 높아져갔고 '홍대 아이돌'이라는 수식어까지 달리며 라디오 공개방송, 대학축제, 여고축제, 군부대 행사 등등 각종 무대 위에서 〈이분단 셋째줄〉과 〈귤〉만을 연신 불러대고 있었다. 우린 그날도 한 케이블 방송 녹화장에서 〈이분단 셋째줄〉을 부르려 하고 있었다. 기타에 잭도 꽂지 않은 채♭로…….

♭ 공연장에서 라이브로 연주할 때 노래 소리는 마이크를 통해 관객에게 전달되지만 기타 소리는 잭을 통해 앰프 등을 거쳐 관객에게 전달된다. 녹화를 하면서 잭을 꽂지 않았다는 것은, 실제 연주가 아니라 기타를 들고 치는 척만 했다는 뜻이다. 다시 말해 '립싱크'가 아닌 '핸드싱크'. 가벼운 음악방송에서 핸드싱크는 거의 당연한 일이다.

경환, 어쿠스틱 기타로 리듬을 친다.

상봉　Mnet 시청자 여러분, 안녕하세요! 신인 남성 포크듀오 재주 소년입니다. 좀전의 길건씨 무대만큼 화끈한 무대는 아니지만 저희들도 나름대로 발랄한 곡을 준비했는데요. 저희 재주 소년의 2집 타이틀곡인 〈이분단 셋째줄〉 들려드릴게요!

LIVE 10. 〈이분단 셋째줄〉

(음향 효과 + 현장 관객) 앵콜 소리가 들린다.
무대 한편(대기실 설정)으로 이동해 투덜대는 두 사람.

상봉　야, 진짜 이렇게까지 해야 되냐. 기타에 잭도 안 꽂고 치는 게 무슨 음악이야. 뮤지션으로서 이런 상황을 나는 용납할 수가 없다.

상봉, 피크를 집어던지며 주머니에 손을 넣고 화를 낸다.

경환 그러게. 이런 스케줄은 알아서 잡지 말아야지. 매니저 형한테 얘기 한번 해야겠다.

**경환, 대기실 책상에 다리를 올리며 말한다. 연예인 병이다.**

상봉 난 진짜 모르겠다. 이러려고 음악한 게 아니잖아. 이번 활동 끝나면 군대나 가야겠어.

경환 군대? 그래도 지금까지 한 게 있는데 너무 아깝지 않나?

상봉 벌써 영장 나왔더라고. 내년 6월인가 입대하라던데?

경환 ……그래? 그럼 이렇게 하자. 우리 아직 발표 못한 신곡이 많이 있잖아. 일단 그걸 바로 작업해서 3집을 내는 거야. 3집 앨범을 발표하고 군대에 가면 그사이에 앨범이 생각보다 잘돼 있을 수도 있잖아.

상봉 그래. 나중에 생각하고, 일단 나가자. 앵콜해야 되니까.

**무대 중앙으로 나와 잭을 꽂는다. 상봉이 능청스럽게 멘트를 한다.**

**상봉** 네, 여러분~ 앵콜을 다 외쳐주시고… 감사합니다. 저희들의 또 하나의 히트곡 〈귤〉 띄워드릴게요.

**LIVE 11. 〈귤〉**

**LIVE 12. 〈귤〉**

## 4막

### 헌병교육 면회장

의상: 경환 → 3-2막과 같음, 상봉 → 군복

화면으로 〈미워요〉 뮤직비디오 재생.

**내레이션 5 (경환)**

2006년 여름. 입대 전 마지막 열정을 바친다는 각오로 작업해 뮤직비디오도 찍고 마스터링도 완료하는 등 재주소년 3집을 고퀄리티 2CD로 뽑아냈건만, 상봉은 6월 말 입대했고 앨범은 8월 초에 발표되었다. 나 역시 9월 말 입대를 앞두고 있었기에 한 달이 조금 넘는 시간 동안 혼자서 각종 홍보활동으로 바쁘게 지냈다. 그러던 어느 날, 상봉의 편지가 도착했다. 헌병이 되기 위해 후반기 교육을 받고 있고, 자대배치 전에 마지막으로 이번 주말 면회가 가능하다는 내용이었다. 나의 입대가 얼마 남지 않아 그렇지 않아도 착잡했던 2006년 9월 초, 미리 견학을 한다는 마음으로 상봉을 면회하러 갔다.

**경환** 이야~ 여기 이 사람들이 다 헌병이 되는 거야?

**상봉** 뭐 사왔냐?

그때 상봉의 선임(조교) 등장.

상봉, 경직된 모습으로 크게 ('유머 일번지' 느낌) 경례한다.

**경환** 와, 저 사람 높은 사람이야? 그렇게까지 크게 인사를 해야 돼? 여기, 김밥이랑 네가 사회 있을 때 좋아했던 자갈치 사왔어. 너 이것만 먹었잖아.

**상봉** 야. 이런 건 여기 PX에서도 팔아. 아무튼 빨리 먹자. 그나저나 앨범은 잘 나왔어? 마스터링은 잘 됐고? 뮤직비디오는?

**경환** 어, 아까 봤지? (CD를 건네며) 자, 여기 3집. 근데 CD가 왜 반입금지야? 빡빡하네. 얘도 가순데.

**상봉** 그래, 난 가수였지……. "(외치듯 노래한다) 지났을 줄이야~" 그렇다면 오랜만에 한 곡 뽑아볼까.

**LIVE 13. 〈미워요〉**

**경환** 이건 또 뭐야? 바지 안에 고무링이 있네? 총은 쏴봤어?

**상봉** 당연하지. 너도 다 할 거다. 별거 아니야. 미리 하나 알려줄까? 행정반에서 전화를 받을 때는 말이야…….

**전화 받는 시범을 보인다. 말끝마다 '통신보안'을 붙인다.**

**경환** 그나저나 〈군대송〉이라는 곡도 만들어서 3집에 실었는데, 어떻게, 장병들한테 어필이 좀 될 수 없으려나?

**상봉** 그러게. 〈이등병의 편지〉 〈입영열차 안에서〉 계보를 이어줘야 하는 노랜데…….

**LIVE 14. 〈군대송〉**

**경환** 참. 이번에 3집 발매기념 공연을 하는데 네 인터뷰 영상을 좀 찍어가야 돼. 준비됐지? 찍는다? 하나, 둘, 셋!

**상봉** 야야, 뭘 찍어, 찍지 마.

실제 헌병교육대 면회 당시 인터뷰 영상이 재생되고, 둘 다 퇴장.

## 5막

### 화곡동 반지하

의상: 경환 → 군복, 상봉 → 반바지 잠옷, 슬리퍼

**내레이션 6 (상봉)**

2008년 9월. 이미 3개월 전에 전역을 했던 나는 화곡동에 위치한 반지하 원룸에 음악장비들을 바리바리 싸들고 힘겨우면서도 희망찬(?) 하루하루를 살아가고 있었다. 전역을 앞둔 경환은 병사 월급을 꼬박꼬박 모아 부대에 있는 '사이버 지식 정보방'에서 인터넷 쇼핑으로 홈 레코딩용 노트북과 마이크를 자꾸 우리집으로 배송시켰다. 전역도 석 달이나 남았으면서, 방도 좁은데……. 어쨌거나 자신이 구입한 장비가 궁금했는지 경환은 말년 휴가를 나오자마자 우리집으로 향했다.

상봉, 혼자서 〈아버지의 배〉를 연주하고 있다.

말년 휴가를 나온 경환 등장.

**상봉** 이야~ 말년 휴가 나왔냐?

**경환** 야, 빨리 전화 좀 줘봐. 서울 도착했다고 부대에 보고해야 돼. 통신보안, 병장 박경환입니다. 예, 지금 잘 도착했습니다. 무사히 복귀하겠습니다. 편안한 밤 되십시오. 통신보안. 충성.

**상봉** 야, 병장이 뭐 그런 걸 해. 안 해도 돼. 사회 나오면 다 의미 없어.

**경환** 내가 지금 아직 분대장이잖냐. 그나저나 곡은 좀 썼어?

**상봉** 어. 옛날에 '이적의 드림 온'♭ 할 때 적이 형이 〈이분단 셋째 줄〉 듣더니 이런 노래 또 만들어보라고 했잖아. 그 농구공 튕기는 소리를 점점 리듬으로 만들라고 힌트도 주면서.

옆에 있던 농구공을 튕기는 상봉. (애드리브로 드리블 및 페이크 동작을 한다.)

♭ 2000년대 초 KBS 쿨FM을 통해 방송되었던 심야 라디오 프로그램. 재주소년은 2005년 약 일 년간 고정 게스트로 출연해 '재주소년의 일상다반사' '봄이 오면 재주소년' 등의 코너를 진행했다. 같은 시기 다른 요일의 패널로는 데프콘, 다이나믹듀오, 마이앤트메리 정순용, 언니네이발관 이석원 등이 있었고, 가끔 열리는 회식 자리는 거의 언플러그드 콘서트였다.

**경환, 입으로 리듬을 따라 하다가 비트박스가 된다.**

**LIVE 15. 〈농구공〉**

**경환** 와, 좋은데?

**상봉** 넌 뭐 노래 안 썼어? 여자친구랑도 헤어졌잖아. 발라드 안 나왔냐?

**경환** 나왔지…… 60만 장병들 공통의 일말상초♭ 아픔을 담은 그런 발라드를 하나 만들었지. PX에서 이거 들으면서 냉동♭♭

♭ 일병 말 호봉과 상병 초 호봉 사이 기간에는 무조건 여자친구와 헤어진다는 전설의 저주. 실제 내무반에서 일말상초의 법칙은 약 50퍼센트를 육박할 정도로 정확했다. 나머지 50퍼센트는 일병도 되기 전에 헤어졌다.

♭♭ PX에서 파는 냉동식품을 뜻한다. 주로 만두, 매운 만두, 고기만두 등이다. 때때로 회식을 했고 냉동 파티가 열렸는데 하루는 1분대 회식, 하루는 악보계 회식, 또 한번은 지난번 축구에서 승리했던 팀 회식이라 냉동파티는 거의 매일 있었다. 한쪽에서 냉동 파티가 열리는 동안 옆에서는 수신자부담 콜렉트콜 혹은 전화카드를 이용해 동생이나 여자친구에게 전화를 걸곤 했다.

먹으면 아마 눈물바다가 될 거야.

**LIVE 16. 〈봄이 오는 동안〉**

## 6막

## 마지막 콘서트(2010)와

## 3년 후 박경환 1집 콘서트(2013)

의상: 둘 다 → 최대한 멀쩡한 옷 (상봉 → 슬리퍼 아닌 신발)

상봉, 홀로 입장. 사회자처럼 핀 조명을 받는다.

**상봉** 네. 이렇게 해서 2010년 11월 27일 악스홀에서 열린 오늘 공연은 모두 끝이 났습니다. 저희 재주소년은 2003년 데뷔 후 약 7년간 해왔던 활동을 오늘 이 자리에서 마무리하려고 합니다. 지금껏 소년이었지만…… 어른이 되면 뭐라도 또 하겠죠? 그럼 이만 물러가겠습니다.

상봉, 퇴장.

암전.

〈유년에게〉 혹은 〈머물러줘〉가 퇴장 음악처럼 잠시 흘러나오다가 15초 만에 줄어든다. 무대 한편에서 대화를 나누는 둘.

**경환** 야, 해체한 지도 벌써 3년이 다 돼가는데…… 잘살고 있냐? 너 DMB 라디오 DJ 하던 것도 이제 없어졌잖아?

**상봉** 뭐 할 것도 없고……. 너도 알다시피 내 새 노래들이 있긴 한데. 너무 오래 묵은 것 같아. 이 곡들로 sabo 1집♭을 낸다고 해도 의미가 있을까? 그냥 재주소년 5집으로 발표하는 게 낫지 않을까?

**경환** 일단 이번에 '박경환 콘서트'를 하니까 와서 게스트를 한번 해봐. 세션으로 기타도 좀 치고.

**경환, 무대 중앙으로 이동한다.**

♭ 재주소년의 유상봉 솔로 프로젝트 1집. 2016년 여름에 애프터눈 레코드를 통해 발표되었다. 앨범의 제목은 [From Summer]. 〈여름으로부터〉 〈그 바다까지 60분〉 〈넌 천사〉 등의 곡들이 수록되어 있고, 〈계곡물에상추씻어먹을수잇나여?〉를 통해 '친한 친구 결혼식에 축의금 얼마 내야 되나요?'라는 질문을 던졌다.
〈Shiver〉 〈Rain Tango〉 등의 연주곡들도 다수 포진해 있으며 그중 〈Boxer〉는 본래 재주소년 4집의 〈Beck〉과 〈비밀의 방〉 사이의 트랙이었다. 원래 계획대로 〈Boxer〉가 4집에 들어갔다면 〈춤추는 대구에서〉와 함께 재주소년 표 헤비메탈 사운드를 견인하는 쌍두마차가 되었을지도 모른다. 상봉은 디스토션 기타를 겹겹이 쌓았고, 경환도 두꺼운 피크로 록 베이스를 녹음했다.

**경환** (관객을 보며) 오늘 특별히 기타 세션 겸 게스트로 저와 함께 팀을 했던 유상봉씨를 모셨습니다. (상봉을 보며) 요즘 특별히 할일이 없으신 것으로 알고 있는데 어떻게 지내시는지요?

**상봉** 네. 요즘 저는 주로 낚시를…….

**경환** 재주소년은 해체를 했는데 사실상 박경환 1집의 기타를 거의 다 치셨잖아요?

**상봉** 네. 그랬죠….

**경환** 그럼 그 곡들 중 한 곡을 함께 연주해볼까요?

**LIVE 17. 〈2시 20분〉**

**경환** (관객을 보며) 오늘 공연이 진짜 끝이 났습니다. 여러분, 사실 오늘 알려드릴 소식이 있어요. 유상봉군은 부끄러워서인지 앵콜 의상을 갈아입기 위해서인지 먼저 들어갔네요. 서태지와 아이들도 아닌데, 룰라도 아닌데♭ 4집까지 내고 해체를 했던 저희가 요즘 다시 '재주소년'이라는 이름으로 5집 음반을 녹음하고 있습니다.”

스무 살에 실제로 함께 떠났던 '자전거 여행의 OST' 같은 앨범을 만들고 있어요. 앨범의 제목은 [꿈으로]입니다. 이미 드럼 녹음도 진행을 하고 있답니다. 그럼 조만간 새로운 앨범으로 찾아뵐게요! 안녕히 돌아가세요.

**LIVE 18. (앵콜) 〈러브레터〉**

**'그들이 돌아왔다' 내레이션과 함께 MR 플레이백**

**특이사항: 안무와 랩이 있음**

♭ 재주소년 1집이 발표된 2003년보다 훨씬 이전부터 멤버 유상봉은 자신의 성향을 잘 알고 있었다. 프로 뮤지션으로 데뷔하여 음반을 만들고 무대에 오르는 모든 과정은 설레는 일이었지만 그는 '듀오'의 모습으로 데뷔하는 것을 원하지 않았다. 함께 노래를 만들고 발표하기까지의 일만을 하고 싶어했다. 국내에서 그 예를 찾는다면 포지션, 해외에서 찾는다면 비치 보이스 등의 팀을 언급하며 '스튜디오 멤버'로서 음악을 해나가기를 소망했다.
처음에는 그 의중을 정확히 알아듣지 못하기도 했고, 소심한 표현이나 투정 혹은 농담 정도로 여겼지만 시간이 흐를수록 상봉의 의지는 확고했다. 나 역시 그의 선택이 현실화될 수 있도록 여러 방면에서 노력했다. 하지만 이미 듀오로 각인되어버린 대중의 인식을 바꾸는 일은 쉽지 않았다. 어느 날 갑자기 '멤버는 둘이지만 한 명만 활동하겠습니다. 나머지 멤버는 작곡과 연주에만 참여합니다'라고 설명한다는 게 당시의 우리로선 쉬운 일이 아니었다. 그래서 우리는 '4집 발표 후 해체'라는 초강수를 두게 된다. 앞으로의 음악활동에 대해서는 '어떻게든 되겠지' 하는 생각으로 체제 변경을 밀어붙인 것이다. 그러지 않고서는 상봉이 원하는 삶을 찾아줄 수 없을 것 같았다.
기나긴 작전 회의의 회의를 거듭한 끝에 마지막 앨범이라는 마음가짐으로 4집 [유년에게] 레코딩을 해나갔다. 그리고 계획대로 마지막 공연을 했던 것이 2010년 11월 27일이다. 공연은 광장동 (구) 악스코리아에서 열렸고 공연의 제목은 '소년, 소녀를 만나다 Part.5 비밀의 방: 안녕, 재주소년'이었으며 이 공연에서의 1부가 바로 1막부터 5막까지의 내용들이다.

“ 이후 시간이 흘러 박경환 솔로 1집 [다시 겨울]이 발표된 것은 2013년 1월. 사실 그 시간 동안 상봉은 계속 우리집에 와서 박경환 1집 기타 녹음을 했다. 재주소년의 작업과 다를 것이 없었으나 다른 점이 있다면 내가 쓴 곡으로만 한 장의 앨범이 구성되었다는 점이었다. 그러는 사이 상봉의 곡도 제법 쌓였다. 원래 계획대로라면 그 곡들과 오래전부터 존재해온 기타 연주곡들을 모아 sabo 1집을 발표해야 했지만 오래 묵혀두었던 '자전거 여행'의 추억이 담긴 재주소년 5집 [꿈으로]를 먼저 발표하기로 했다. '꿈으로'라는 단어는 '언젠가 앨범 제목으로 써야지' 생각했던 제목이었고, '자전거 여행 OST'라는 콘셉트 또한 재주소년 1집보다 더 오래된 기획이다.

# Epilogue

—— 해변의 아침

내 마음을 다 열어젖혀서 보여주고 싶었던 20대의 원고를 당신은 소리 내서 나에게 읽어주었죠. 낭랑한 목소리로 당신의 입에서 흘러나오던 내 얘기들을 북가좌동 언덕길을 오르면서 듣다보면 어딜 고쳐야 할지 알 것 같았습니다.

세월이 흘러 이제 이 글자들은 정말 노래가 아니라 책이 될지도 모르겠네요.

부산 바닷가를 걸었던 여름. 햇살이 바다와 당신의 머리 위를 비추는 동안, 불어오는 바람을 맞았고 사진을 찍었습니다. 지금까지도 가장 아름다운 기억으로 남아 있어요. 사진 속 우리, 그리고 이 노래. 다른 노래들과는 달리 가장 아름답게 남아 있어요.

아팠지만 찬란했던 그 여름.

소년,

잘

지내

**초판 인쇄** · 2023년 6월 29일
**초판 발행** · 2023년 7월 14일

**글** · 재주소년 박경환

**책임편집** · 변규미
**편집** · 이희연
**디자인** · 조아름
**마케팅** · 정민호 박치우 한민아 이민경 정경주 박진희 정유선 김수인
**브랜딩** · 함유지 함근아 김희숙 고보미 박민재 정승민 배진성
**제작** · 강신은 김동욱 이순호

**펴낸이** · 이병률
**펴낸곳** · 달 출판사
**출판등록** · 2009년 5월 26일 제406-2009-000034호
**주소** · 10881 경기도 파주시 회동길 455-3
**이메일** · dal@munhak.com
SNS · dalpublishers
**전화번호** · 031-8071-8683(편집) 031-955-8890(마케팅)
**팩스** · 031-8071-8672

ISBN · 979-11-5816-165-1 03810


달은 ㈜문학동네의 계열사입니다.